直到世界尽头

从北京到好望角的单车骑行日志

小北京 著

北京出版集团公司

北京出版社

致那些陨落的星星

序
印象·小北京

我可能是对这本书最翘首以盼的人了。

第一次见到小北京，是在一个初秋的傍晚，新老朋友们的聚会，北京，鼓楼，一家苍蝇馆子的门口，三四张小桌子拼成一个长条。席间不断有人加入，有穿着白衬衫、西裤，拉着箱子一会儿要赶飞机的，有吃着吃着突然起身在二环边上骑自行车的，座位随着心情换来换去。小北京是带着饭盒来的，跟我说可以把包子作为见面礼送我，然后叫服务员热了端过来——在这个年代，用饭盒带饭的人可真不多。他穿着格子衬衫和牛仔裤，少言寡语，朴实得好像随时可以消失在人海一样。在朋友们的一再请求之下，他才娓娓道来那次亚非骑行之旅的见闻：在巴基斯坦被全副武装的警车护送、在埃塞俄比亚刚一入境就被视为"可疑分子"，住了三天监狱……气氛逐渐由一开始的闹哄哄变得安静，只有他淡淡的讲述和一桌人瞠目结舌的表情。

小北京喜欢骑行，这次亚非之旅是从北京骑行到好望角，历时一年走完18000公里，花销共计人民币18000元。这件事说出来，所有人都觉得不可思议，他说，没有什么难的啊，就是每天骑车而已。他喜欢骑车旅行，做自己喜欢的事情，很快乐。在旅行和准备旅行两种模式中切换，就是他的生活。后来，他就开始写书了。整个过程漫长而痛苦，他是一个力求"把存在感降到最低"的人，他说自己想过把这些经历写下来，但出书应该是老了以后的事情，现在只是这么简单的经历就出书，怎么想都是有点儿不好意思呢。都市生活中，他只是一只小小的蚂蚁，每天上下班花在路上的时间就有4个半小时。他努力攒钱，就是为了上路，成为路上那只自由飞翔、神采飞扬的鸟儿。一路走来，他学习了多国语言，和当地人打成一片，在壮丽的东非大裂谷骑行，感叹维多利亚瀑布的一步一景，两次患上疟疾，无数次遭遇盗贼，警察局、教堂、坟地、牛棚、荒无人烟的草原都是他安营扎寨的好地方。除了路上的体验，边骑车边用手机看电子书就是他最大的乐趣了。

让一个低调的人去"显摆"，真的是太为难了！这本书是按照他的旅行日记整理而成的，朴实，却带给人最纯真的感动。对他来说，旅行是一种生活方式，没有什么好炫耀的，拍照是为了记录，而非"到此一游"的留念。这本书从图到文并不华丽，却装着一颗真心。出镜率最高的除了他的爱车，就是伸向远方的那无尽的路。走遍世界，他的眼神如少年般清澈透明。不喧哗，自有声。

此时此刻，他正在美洲大陆创造另一个奇迹呢。

前言
旅行·缘起

父母喜欢旅游，我从懂事以来，年年寒暑假都会随父母去国内各地景点乱窜，那时觉得将钱花在旅游上是理所当然的。

大学时受大江健三郎的《日常生活的冒险》影响很深，看不得平凡的世界。于是兴致来了便旷上几天课，以搭火车和巴士的方式背包去附近的省市瞎转，一个学期能用掉20来张火车票。旅行的开销主要依靠节省下的生活费和课余时间在面包店打工攒下的钱。那个时候的我还很感性，最喜欢游山玩水看风景。我尤其喜欢桂林，它和我读书的城市岳阳之间的火车票才50元，去了几次仍念念不忘。毕业之际没有了时间的顾虑，便决定以骑单车的方式慢慢地踏上我的心仪之地。

当时我没有接触过自行车长途旅行这个领域，对于户外装备也毫无概念。只能凭借想象中帐篷的样子，去超市买了浴室帘子，又找了些夹扣、绳子。而后在学校买了辆70元的二手山地车，便带着一些舍不得扔的漫画、教科书、凉席等破烂出发了。

车子很破旧，第一天就断了链条，变速也用不了。夜里要花很多时间在路边用绳子拉起"帐篷"。那个时候天真地相信离公路近，坏人也不敢太猖狂。不过代价是每过一辆车便会吹得我满头尘土。那时我总是愁眉苦脸地想：这就是自行车旅行啊，太辛苦了。

慢慢地，路上遇到其他旅行者才知道，帐篷可以上网买，很便宜。

2009年去稻城亚丁旅行时，在路上看到了很多骑行者，后来我才知道这条线就是318国道，大名鼎鼎的川藏公路。查了些攻略后，我更是热血沸腾，攒了2000块钱便出发了。那次我用了一辆300元的二手软尾车，撑到终点时几近报废。

当时太年轻，虎得不得了。在怒江七十二拐摔烂了膝盖和手掌，直到拉萨伤口仍在感染；通麦天险摔车时肩膀已在悬崖之外；下色季拉山刹车报废，有惊无险地到了山脚后却因精神上松懈而昏厥在路边；途中也曾因钢圈开裂又不愿搭车，提着后轮走了30公里；下最后一座山时因前轮抱死，干脆腾身飞起大头扎地，因为半边脸都是血而拦不下车子，只能自己骑到山下找医院给脑袋缝针。而凭借精选的单层帐篷（49元）和纸片儿般的睡袋（26元）在海拔5008米的山口露营时，无数次被冻醒，但心里只是抱怨着睡袋不如棉被暖和。最后抵达拉萨的时候，无论车还是人都已残破不堪，但那时的灵魂无比凝练，完全不相信世间有何物能摧毁我了。

这一次旅行，我意识到对于有些目标，只要一步一步走总能达到的。

到拉萨后看到很多人往尼泊尔骑，才知道办了护照可以往国外走。

回了北京，打了一年工，攒了5000块钱便觉已经富甲天下了。于是在2011年春天准备好护照、单车等装备出发了。从新都北京到古都西安再沿着丝绸之路绕行新疆天山，穿塔克拉玛干沙漠进入南疆，走新藏公路上世界屋脊，神山脚下得藏民佛珠相赠，于拉萨办好签证经中尼公路踏出国门。在加德满都半夜和小偷谈判，在印度时心境变化过泰姬陵而不入，在泰国机场遭到机场管理人员刁难，在柬埔寨冒着地雷风险穿越丛林寻找传说古寺，在越南被失足妇女拉入家中，后回国进入广西，继续北上，一路尝尽人情冷暖。

这一趟，我发现旅行如人生，想要走得远就要懂得舍弃。一路上我看清了自己想要的也理顺了哪些是我不需要的。旅途中我的目光逐渐从景色转到了自己的心中。

一年18000公里，花掉了14000元。收获很多但是没能按最初设想的西行进入中东，还是留下了遗憾。

但是对我来说遗憾可是个好东西啊，有了遗憾便有了新的方向。

于是在又一年的工作后，我偿还了上次旅行欠下的债务，并攒足了新的旅行资金8000块钱。在拿下巴基斯坦的签证后便迫不及待地踏上了新的旅途。

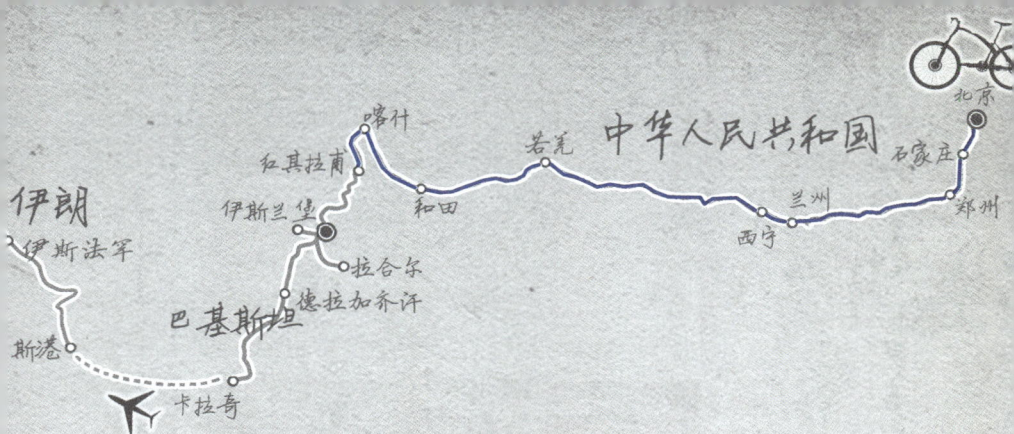

伊朗
伊斯法罕

斯港

卡拉奇

巴基斯坦

德拉加齐汗

拉合尔

伊斯兰堡

红其拉甫

喀什

和田

若羌

中华人民共和国

北京

石家庄

郑州

兰州

西宁

中国

启程，一路向西

2013年4月24日，一个普通的清晨，我上路了

出发，开始新的旅程

2013.4.24—4.30　北京—郑州

　　我沿着107国道一路向南，计划在天黑前骑到保定。

　　一般来说，我是很反感在骑行中制订当天的路程计划的。但是我的巴基斯坦签证有效期只剩下两个多月，这对于连玩带骑地从北京到中巴口岸红其拉甫的5000多公里来说，时间并不是很宽裕。

　　而且我在出发前几乎没进行什么体能训练，所以希望一开始就把状态调动起来，迅速进入"在路上"的模式。

　　虽然在两年前也有过一次为期一年的跨国骑行，但是这次走在路上仍觉得有些恍惚、难以置信——

　　离开北京，就是这么简单的事情？曾经那么多的烦扰瞬间明朗，想想在家时的愁苦姿态，现在好像是看另一个人一般轻松。出发前的种种准备工作将我的精神压抑到了极限，现在全部解脱了，骑在路上的我忍不住纵情高歌：

　　"说走咱就走哇，你有我有全都有哇，水里火里不回头哇；路见不平一声吼哇，该出手时就出手哇，风风火火闯九州哇！"

　　这是我出门远行的第一天，不可抑制的兴奋甚至让我忘记了睡眠不足带来的疲倦。

　　因为一直在查找旅行相关的信息，昨晚睡下时已经是凌晨3点钟。早上不到5点我就迷迷糊糊地被一阵电话铃声吵醒，原来是姥姥打过来的。听说我要远离家乡去探寻非洲，姥姥要和姥爷一起来送我。

　　接完电话我才意识到，今天是自己计划中出发的日子。我赶快起来，匆忙地收拾好行李，爸爸给我做了一大份蛋炒饭，吃完我就将车子和行李搬下楼。这个时候看到姥姥、姥爷还有二舅已经等在外面，或许他们也并非像嘴上说的那样不赞成我的旅行。

4月份的清晨微冷，老人们的到来让我心疼又感动，姥姥和姥爷都已经80多岁高龄，尤其是姥爷还身患帕金森病多年，无法行走，只能坐轮椅给我送行。

他们亲自送行的这份心意到后来一直鼓舞着我的斗志。但此时此刻，我的心已经飞向远方，迫不及待，只想快点儿出发。

我在他们的反复嘱咐中完成了最后的检查，心不在焉地与他们道别，然后跨上自行车。

就这样，我期待已久的旅行，正式开始了。

意外的是，第一天出发我就遇到了同路的骑友。

当时已是下午5点多，一天骑下来，我想起两年前的跨国骑行也是从这条路出发的，很惊讶自己能够回忆起许多当年微不足道的细节，像是吃饭的地方、打电话的地方、休息的地方，往事历历在目，如在昨日，觉得心有戚戚焉。

触景生情中，正好看到了一个年轻骑友在路边休息。他的山地车后面载的行李不多，让我很难判断他是长途还是短途骑行。我和他攀谈几句，得知他叫张行，准备从秦皇岛骑到邯郸。

张行是个"90后"，初中毕业就出来工作，性格比较内向，人也很单纯。和所有内向而单纯的人一样，他总是无法了解这个世界的运作方式，却总希望能以自己的方式融入这个世界。

聊天中，张行告诉我，毕业后他诸事不顺，曾在家中思索了两年人生，这次出来，用他自己的话说，是"寻找自我"。然而这一路下来，他什么收获都没有——没有美景和奇遇、没有天启和顿悟、更没找到什么狗屁自我，只有骑不完的路和吃不完的土。于是，他现在只

想赶完剩下的路，早点儿回家。

我并不认同他的看法。遇不到美景、奇遇，触发不了天启、顿悟，只能说明他对事物客观兴趣不足和感受能力低下。这番什么都没有的认识便是他寻找到的自我了——一个对世界期望值太高的懵懂少年。能意识到这一点并决定早些回家去就已经是收获了，经过这次"痛苦"的旅行，他以后多少也会根据自己的能力来规范期待和梦想吧。

但这些话对他既无帮助又坏心情，我还是吞到了肚子里，嘴上"嗯，嗯"地回应着。

他见我半天不说话，于是突然问起我来了："你是为什么旅行啊？"

"……我喜欢在路上的这种生活。"我回答得很简单。

旅行，是我喜欢的生活方式，但并不是我想做的事。在想做的事面前，我总觉得自己差得很远，还不够资格去开始。因此，旅行对我而言也是一个磨刀的过程。将不需要的念想磨掉，让自己从精神上变得更加凝练、更加锋利。

车匪路霸，就地枪决

2013.5.17—5.20　青海湖

翻过祁连山，我便进入中国的第一级阶梯，世界的屋脊——青藏高原。然后沿着青海湖绕半圈，继续向西。

到日月山的时候，遇到一对骑行的小两口，来自内蒙古的子由兄弟和陕西姑娘凯荣，两个人车后挂一辆独轮拖车。他们从西安出发，计划旅行一年，平时日行60公里，逢雨不走。

骑长线的有两种可以被称为"潇洒"，一种是骑得很快的，另一种是骑得很慢的。要控制自己的速度真的很难，我觉得他们也是很厉害的人，便决定跟他们一起走，磨磨自己的心性。结果他们看起来还不是太愿意我打扰他们的二人世界，老让我先走。后来知道，他们也是做饭住帐篷，跟普通骑行者难搭伴，得知我是同一种旅行方式的时候，才愿意和我一道。

果然慢有慢的乐趣。一路上我跟着他们小两口且行且止，在高原的水库钓鱼、游泳，在赛马会上助威呐喊，和爽朗的藏族汉子开怀畅饮或是在狂风中的危房下展开火锅上的拼抢，玩得很开心。途经青海湖时，我还跟他们说起了遇到的一件事儿：

那是2009年骑行川藏线的时候，快到理塘时我曾经遇到两个骑摩托车的当地人。当时他们把车横在我面前，问我身上带了多少钱之类的问题，把我吓得够呛。后来回想起来，也不见得就是劫匪，可能是看到我那一脸提防的怂样，忍不住有些生气而故意吓唬我的。

他们听了这个故事后哈哈大笑，说："任谁遇到那种场面都会害怕啊，面对陌生环境、陌生人而产生提防心理，是人类的本能啊。"

我摇摇头，表示不信，人类怎么会有这样的本能？

子由兄弟见我不信，就说："那待会儿咱们看到游客过来，就假装本地人吓唬他们，看看他们什么反应怎么样？"我一听觉得有趣，便同意了。

青海湖是国内有名的骑行线路，最不缺的就是骑行者。没一会儿我们便找到了"目标"——一对在路边停车休息的年轻男女。

他们看到我们骑车过来也挺高兴的样子，挥手打着招呼，结果我一张嘴就用带着奇怪口音的普通话问："哎，你们是来骑行的吗？"

子由兄弟本来长得面相不善，而我一脸的沧桑加上一车破烂儿很容易让人摸不清我们的来头。对方真以为我是本地人，还很友好地回了句说："是啊，你们好。"

我一听，知道上套了，子由兄弟居然临场发挥，扭过头来叽里咕噜地假装用当地话跟我说一顿悄悄话，我一看他演技这么好，自然也

2013年5月18日，青海湖附近的雪山

不能示弱，于是点点头，做出一副凶恶的表情朝那对年轻人说："你们旅行的身上带很多钱吗？"

那女的一听脸就白了，男的倒还比较淡定地说："唉，出来旅行不敢带钱在身上，我们都用银行卡。"

子由兄弟从单车上下来，啪地一踢车支撑，"你们的密码是多少？"这小子演得可真是有模有样，举手投足间一股车匪路霸的气势油然而生，我不禁怀疑子由同志以前干过这行，怎么能演那么像？

那男的一下子也虚了，语无伦次地说："密密密码……我也不记得了。"看着他的怂样，我心里不禁涌起一阵快意，好像童年时欺负小朋友一样。

恶作剧得逞了，但我脸上还得绷着劲儿，扯了扯子由兄弟，对着他假装说几句自造的方言，然后朝那对已经像天竺鼠般不安的男女提议："过一会儿我们有朋友过来，我请你们一起吃饭吧。"

那女的听了吓得都快哭了，男的赶紧说："不了不了，我们还有急事，得先走了，我们也有朋友在后面，马上就过来啦。"话都没说完就拉着那女的骑车跑了，子由兄弟还笑着在后面喊："哎，别走，吃饭！"

看着他们头都不敢回的狼狈身影，我俩笑成了一团。过了一会儿又遇到了两个休息的骑行者，我们如法炮制，再次把对方吓跑了。

正当我们陶醉在自己精湛的演技并商量如何改进套路增加威慑力的时候，凯荣从后面赶过来。我俩便手舞足蹈地给她讲述我们的表演，结果凯荣一听就炸了："你是不是脑子进水了？！"凯荣一手指着子由兄弟的鼻子，眼睛却看着我，"你们是熊孩子吗？这是好玩的吗？这是违法犯罪你懂吗？车匪路霸就地枪决你懂吗？"

我分分钟就被凯荣的气势镇住了，尤其是最后一句，直接给我俩定了性。

不过被凯荣教训一通后我们也回过神来了，这番行为实在龌龊。往小了说给别人的旅途留下心理阴影，往大了说这低级趣味更是损害了当地人的名声。我们一时图了个乐子，说不定给别人整个旅途都留下了心理阴影，当时要是碰到个硬茬子暴起揍我们一顿，进了派出所都免不了落声"活该"，然后批评教育写检讨……

　　事后我想，如果有机会的话，我要把这个故事讲出来，对被我们损害形象的当地人说一声：对不起，我们两个大龄熊孩子给你们添麻烦了。

小羊，小羊

2013.5.20—5.28　青海湖—德令哈

我在青藏高原上一路前行，路过一个咸水湖的时候，看到孤零零的一只小羊在路边叫，子由和凯荣突然尖叫起来："卡哇伊！好可爱！"同时翻身下车，冲上去一把抱住小羊，还不停地拿脸蹭着脏兮兮的羊毛。

两人动作之迅捷，同步率之高，令我瞠目结舌。

我是不喜欢羊的，且不说羊在一些文化中作为邪恶的象征给人留下不好的印象，无论是羊呕吐般的叫声，还是羊脸上那道死气沉沉的"一"字形瞳孔和那如同讪笑一般上扬的嘴角都让我觉得十分不愉快。

附近既没有人家，也没有羊群，我们猜测这只羊是被刚才的狂风吹过来的。他们俩害怕小羊夜里冻死，便决定放在车上带着走，以便托付给之后遇到的牧民照顾。

晚上9点多的时候，我们抵达茶卡，看到一个项目部的院子，我们便绕了进去。因为这边夜间风雨比较强，总还是想有遮挡的地方，于是便问里面的工作人员，是否可以在院子里搭帐篷。那些人很好说话，还让我们住进了他们的活动室，那是一间彩板房，里面有乒乓球桌和台球桌，我们在屋子的角落里放下帐篷，又打了会儿球。

这时候小羊似乎感到很不安，开始不停地叫，子由兄弟赶紧去抱着哄。我看时间也不早了，便准备睡觉，没想到子由兄弟竟然将小羊也给抱进他们的帐篷了。

半夜的时候迷迷糊糊地听到凯荣喊："啊呀，小羊是不是尿

2013年5月21日

了。"后来似乎又经过一番争吵，听到子由兄弟耍赖地求："我就要抱着小羊睡。"早上的时候，他俩发愁地开始晒睡袋——上面被小羊尿湿了3处。

这时项目部的几个小姑娘过来也看到了小羊，问明了缘由后也是非常喜爱这只小羊，便提出替我们照看。后来又有领导过来，说已经联系了附近的牧民，愿意根据小羊身上的记号帮它认亲，实在找不到也可以管它个衣食无忧。

听到这话，子由兄弟依依不舍地同意留下小羊，而凯荣则偷偷长出了一口气——看来一晚上的经历让她也有点儿受不了小羊了。

分别了小羊，小王一路都闷闷不乐的。直到路过了一个商店，子由兄弟进去买了些酒肉，说咱们好好吃一顿，纪念一下小羊吧。

酒是好酒，只是那肉吃起来……根据我多年的吃肉经验……应该是羊肉无疑。

5月23日，我们抵达海西蒙古族藏族自治州州府德令哈，就是诗人海子写下"姐姐，今夜我不关心人类，我只想你"的那个德令哈，并且逗留了两天。

2013年5月26日，和子由兄弟、凯荣在一起

　　离开德令哈后，到饮马峡村，我准备继续向西穿越阿尔金山去新疆，而小王他们准备向北去敦煌。

　　我们走到了岔路口，分别的一刻很自然地来到。是因为习惯了分别呢，还是说我们在最佳的时机分别了呢？没有什么不舍或悲伤，我们互相祝福并承诺着将来的重逢，然后各自上路。

　　离别没有伤感，然而抬眼看到岔路口的公路牌时我顿时泪流满面了：他们的下一站大柴旦距此50公里，我的下一站茫崖镇距此580公里。

被时间遗忘的小镇

2013.5.28—6.6 *德令哈—若羌*

在中国地图上，青海省像极了一只长着蓝眼睛（青海湖）的兔子，茫崖镇就在兔子尾巴上，再往西北骑行，便是新疆维吾尔自治区巴音郭楞蒙古自治州了。

这一路上被晒干的枣子随地可见，似乎是从若羌驶出来、运送大枣的货车上掉下来的。若羌大枣很有名，号称"天下红枣看新疆，新疆好枣在若羌"，来都来了，总要尝尝这闻名遐迩的当地美食，于是我骑几步便停下来捡几颗，一路上捡了有七八十颗，虽然大部分都已经风干成烤馒头片一样脆，但吃起来别有一番风味。

就这么一路磨蹭，竟然也磨到了目的地——兔子尾巴上的茫崖镇。

2013年5月29日

2013年6月1日　　　　　　　　　　　　　2013年6月2日

　　穿过茫崖，可以看到几十公里外的山像是燃烧一般的烟尘飘升，骑到山下的岔路口，有个生满铁锈的牌子，上面标注着"若羌——552km"。

　　路牌子后面有个老旧饭店，孤零零地伫立在戈壁滩上，像极了电影里的"龙门客栈"。一位老大娘坐在"龙门客栈"门口，似乎刚杀了只鸡，正在一丝不苟地拔毛，隐隐然散发出落寞高手的气场。

　　或许是这充满古龙范儿的场景感染了我，我突然想听她说些什么。便推车过去，指着头上的路牌问："大娘，这上面的里程数是不是写错了？"这个大娘抬起头，沉默地盯着我看了一会儿，却没有回答我，又低头继续拔毛。

　　真是太有意境了。

　　于是我朝她笑了笑，转身离开——在古龙的小说里，只有活不过3页的龙套才会喋喋不休地问这问那，高手主角都是扭头就走的。

　　果然，在我转身离去时，大娘突然在我身后淡淡地说了一句："走小路吧，小路近。"

　　我潇洒地点点头，说了声谢谢，骑上车走了。

　　事实证明，我应该多问几句或者查查地图的。

　　当时沉浸在古龙小说意境中的我，鬼使神差地走上了满是碎石的

搓板小路。路在石棉矿山中蜿蜒，铺天盖地的石棉粉末将一切赋予了惨白的颜色，连阳光在这里也显得如此无力。

不知骑了多久，前方出现了一个无名小镇。

走在镇上，随处看到的都是破败的建筑，主街没有人影，仿佛走进了"寂静岭"，一片死气沉沉，只有矿上隔一段时间响几声的机器运作声告诉我这里仍然有人生存。

我在镇中穿行，慢慢地穿过一排排20世纪70年代风格的建筑，墙上依稀可以看到陈旧的红字标语，透过积灰的窗户，可以看到房子内也积累了拇指厚的粉尘。

小镇像是被时间遗忘，定格在20世纪70年代的某个黄昏。

再往镇中心走，总算有了人，居然有5家营业中的商店和饭店。店里有几个河南口音的师傅正在打牌，看都不看我一眼，只是说要什么自己拿。

2013年6月3日

2013年6月5日，在茫崖，一切仿佛凝固了

2013年6月6日，鬼影重重

其实也没什么好拿的，这里的商品只有烟酒和一些辣条类的零食。似乎这些东西永远不变，他们就能永远在这里打牌，这让我想到了《爱丽丝梦游仙境》里那个永远定格在6点钟的茶会。

最终我什么都没买，只是轻手轻脚地退出商店。此时天还没黑，我却不打算继续走了，于是找了一间灰尘略少的空屋子准备休息。

由于怕扬起灰尘，所以无论是搭帐篷还是做饭，我都像是慢动作一样，好像自己的时间和这个小镇同步了，变慢了。

第二天一早，小镇还没醒来，我就收起帐篷出发了。

离开镇子的路非常难走，仿佛是走向另一个世界——或者说回到正常世界一般。

重新回到了国道上，我看了一眼码表，感觉非常郁闷，明明走大路和小路距离差不多嘛。又爬了4公里的山坡后，眼前展现出一片令我郁闷到吐血的景象：在山上，检查站、加油站、商店、饭店、道班一应俱全。而且这里干净、热闹、人来人往"阳气重"。

我一开始就沿着国道直接来这里该多好啊！当初为什么就听了那个不知道是什么用心的大妈的话呢？

总之，6月5日一整天我都过得迷迷糊糊、很不真实，先是遇上像从古龙小说里跑出来的客栈和大娘，然后误入寂静岭一般的小镇，要不是有日记、照片和一身的石棉灰为证，我都怀疑那是不是自己的一场梦。

巴基斯坦，我来了

2013.7.7—7.11 喀什—苏斯特（巴基斯坦）

上了帕米尔高原，这里的气候与沙漠完全不同，白天有太阳的时候非常舒爽，但是早晚很冷，夜间温度不到10摄氏度。而我也因为抵御不了夜间的低温而痛心地放弃了夜骑，一下子感觉骑行的时间短了不少。

7月10日，我终于抵达中巴边境城市：塔县。

塔县，全称塔什库尔干塔吉克自治县（"塔什库尔干"在维吾尔语里意为"石头城"），位于帕米尔高原东部，它的西北部、西南部分别连接塔吉克斯坦与阿富汗，而南部则与巴基斯坦接壤——塔县是全国唯一一个同时与三国毗邻的县级行政区，也是我在国内的最后一站。

在离塔县不远的山谷中，一处50米长的水淹路段令我的鞋和裤腿都湿透了，太阳就快下山，狂风吹得我不停地打哆嗦。幸运的是骑了一会儿便看到附近山坡上有当地人的房子，一个少数民族的小孩子热情地邀请我去他家住。他的家是一座结合了毡房和砖房特色的两间小屋子，屋里一张长宽都达3米的大床占了一大半的空间，小孩儿的老爹热烈欢迎了我，口中说着："100？100？"

"什么100？"我愣了半天才反应过来——他们是把我当成找旅馆的了。

老爹见我发愣，又问我："多少住呢？"我的回答很干脆："多少都不住。"见我如此水米不进的样子，最后老爹叹了口气说："前边，去住，不要钱。"又拍了拍小孩子，似乎是让他给我带路，然后便转身躺到床上去了。

虽然没有住在他们家，但是小孩儿很高兴地围着我，带我去"不要钱的地方"。走了不远，我们便看到了目的地。似乎是一个正在修建的办公院子，里面有一排刷了白漆的平房。几个年轻的少数民族小伙子见了我也很高兴，马上安排了一间空房间给我。等我在屋子里放好了帐篷，那几个青年热情地邀请我一起去吃饭。我来者不拒，放开肚皮吃了在国内的最后一顿晚餐。

第二天下午时抵达了中巴边境的红其拉甫口岸。

到了口岸，我被告知不能直接骑着自行车过关，而只能搭乘国际大巴前往巴基斯坦的苏斯特（Sost）。

搭车就搭车吧。我按着值班战士的指引去办理过关手续，想不到其中一个窗口居然要查健康证。我哪有这种东西，只好推脱："放在驮包里，太深了，怕不好拿……"

办事员一脸狐疑地看着我，这时边上一个领导模样的人喊道："查什么健康证！没看人骑车来的吗？骑车旅行的比谁都健康！"大家听了都是会心一笑，办事员也就把我放过去了。

除此之外，没有遇到任何波折，付了225元车票外加50元托运费后上了车。奔赴我的巴基斯坦第一站：苏斯特口岸。

路程不长，一路无话，到了苏斯特后，大家都下车去填表办理过关手续。我因为随身带了笔，第二个就进去了。

然而与在红其拉甫的一路绿灯相比，苏斯特的过关体验不算太顺利。

核验证件时，巴方工作人员一看我的签证改过日期，问我这是怎么回事，我开口刚要解释，突然发现个很尴尬的事情：我心里想说的话没法及时翻译成英语表达出来！于是一开口就成了"嗯，sir……this……啊……well……"

这吞吞吐吐的样子，让人不起疑都难，那位警官也没时间跟我磨叽，把我的护照一扔，让我等别人都办完再来，我还没来得及辩驳，

就被他们撵到了队尾。

一开始我有点儿小慌乱，不知该怎么应对。但是排队过程中我逐渐厘清了思路，而且越想越生气，到最后终于轮到我的时候，我已经能理直气壮、简明扼要地用英语解释日期更改的原因并恰如其分地表达了我的"不满和遗憾"。

不知是不是被我的英文演说镇住了，那位巴基斯坦警官并未要求我额外交费，最后还是给我盖了章。

这事解决得比想象中容易些，但也暴露了我英语不过关的问题，脑子跟不上嘴巴，在签证时是极容易引起误会的——所以下次一定要提前准备好。

2013年7月11日，中巴口岸

拿到入境章后，我领取了行李，装上车子离开了口岸。

没走多远，看到了刚送我过来的司机刘师傅。在车上的时候跟他学了一些乌尔都语，他对我这样骑车旅行的人虽不理解但很敬佩。当他问我有什么安排时，我便请他带我去换钱。刘师傅在口岸这片区域也是路路通一样的人物，他带我去了熟识的店，明令老板不许赚我钱。老板听说我是从北京骑车过来的，惊得嘴都合不拢，马上拍胸脯保证不赚朋友的钱，并认真地用计算器算出汇率买入卖出的中间价。最后给我的汇率比银行都划算。虽然我只换了800元，汇率好坏都差不了多少钱，但是老板这种态度令我心中很温暖。

旅行中被问到最多的问题就是：你去哪？在大多数国家我说云好望角，当地人只会惊讶而不会怀疑。但是在国内的时候，我要是说去非洲，对方大抵会给我一个"妈妈不让我跟神经病说话"的眼神。

换好钱后骑出小镇，直到僻静的山林中才停下来。那里正好有一座新盖的小木屋，我不客气地钻了进去，火速地搭起了帐篷准备过夜——这样即使被别人发现也不好意思赶我走了。

这是我在国内的最后一天，也是在巴基斯坦的第一天。这天晚上又是狂风又是暴雨，我非常庆幸选了个好地方宿营。

伊朗

伊斯法罕

斯港

卡拉奇

巴基斯坦

德拉加齐汗

拉合尔

伊斯兰堡

红其拉甫

喀什

和田

若羌

中华人民共和国

兰州

西宁

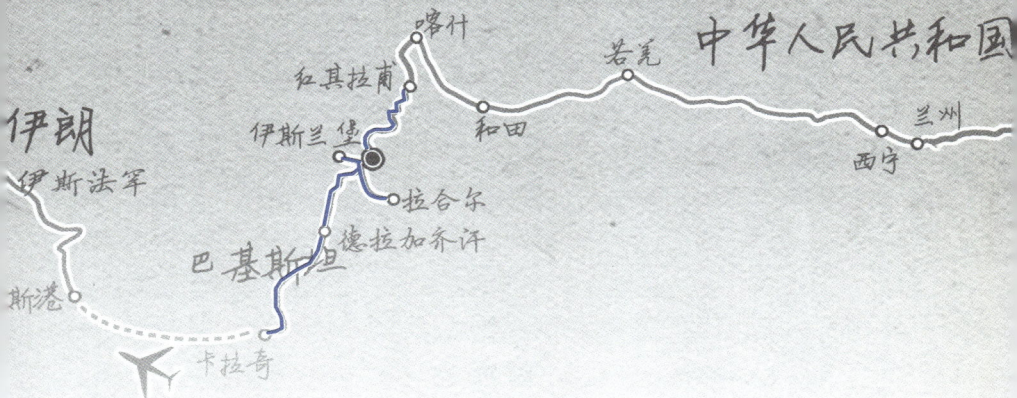

巴基斯坦
被押送的旅行

泥浆落水狗

2013.7.12—7.13　苏斯特—吉尔吉特

在巴基斯坦的第一个早晨，阳光明媚。

然而我睡得一点儿都不好。半夜里周围老是有人来回走动的声音，还有个熊孩子不停地在远处冲着我的帐篷怪叫，足足有一个多小时，让我根本没法入睡。

我的目标是明天骑到吉尔吉特（Gilgit），中间经过一片堰塞湖，公路到此中断，必须要搭渡船到十几公里外的对岸才能继续骑行。

湖边码头极为简陋，没有什么"候船厅"一类的地方，甚至连个遮挡太阳的棚子都没有，上百人在这里乱哄哄地上下船，毫无秩序。

我站在岸边，看着乌泱泱的人，四顾茫然。一会儿有个大叔过来揽客。他告诉我，这里的船按大小型号分运人和拉车两种用途。说跟货船过去可以免费，但是要等两个小时，跟他们的船需要交300卢比（约合人民币18元），很快就能出发。问我要选哪个。

顺着大叔手指方向一看，那是一条10米长的全木结构的船，靠船尾的两个马达提供动力。没有表层的甲板，只在船肚子上钉了很多木条供人坐靠。船和陆地间仅仅由一条50厘米宽的小木板连接，一次只能允许一个人通过。

就这艘船而言，价格实在太贵了，而且我好像听说过中国人在这儿坐这船不要钱。于是我想了想，说："我既不想给钱，又想赶紧走。"

大叔估计被我的无理要求震惊了，愣在那里好一会儿才回过神来，摇着头走了。

大叔走后没多久，我上了另一艘船。在一个小哥的帮助下，我费了半天劲才把自行车推上船，然后水手一抛缆绳，船便起航了。

渡船伴着发动机的轰鸣声穿梭在静谧的河谷中，我迎着风坐在船头，不时有激起的浪花打在我身上。

开了有大半个小时，当初帮我搬自行车的小哥收船票来了。小哥开口跟我要300卢比：运人100卢比，运车200卢比——跟之前的大叔一个价。

我以为船只是开到对岸，1公里不到怎么用了那么多钱？我怕他诓我，咬定了只付运人花费的100卢比，想看看他是否会坚持收我300卢比。

没想到船上其他游客都来帮我说话，说"他是中国人，不许收他的钱"，还有人指责卖票的小伙子没良心，居然坑中国人。

小哥被万夫所指，有口难辩。慢慢地我觉得他可怜，在他放弃了收钱转身要离开时，我叫住了他，还是付了100卢比的个人船费。其实我心中还是有愧疚的，毕竟这船跑了这么远，而且他给我的价格跟大叔一样，或许并没有诓我。

小哥收了钱，但似乎还是很不开心，估计是觉得委屈吧。

没想到船一开就是大半个小时，行驶了十来公里才到了另一个码头，看来要300卢比也不算贵。

船上放出两个非常窄的板子搭在岸上，大家就开始乱哄哄地下船了。

小哥不再帮我搬车，我只好靠自己。也不知是否有意安排，这次的登船板放得摇摇晃晃，人在上面都站不稳，更别提加辆驮满行李的车子了。

我小心翼翼地推着车，以一个极为扭曲的姿势往前挪动，脚下的木板却越来越晃荡。就在快到岸边时，木板的摇晃也到了临界点。眼看着要控制不住，我急中生智，猛地一较劲儿，将车子推了出去。而我则因为失去了重心，"扑通"一声掉进了水里。

落水的一刻，我看到自行车妥妥地滑倒在岸上。

我泡在水里，心里却长出一口气——这一车的行李，哪个也湿不得啊。

好在岸边水不深，只是下半身湿透了。我在众目睽睽之下狼狈地爬上岸，连落水时受的伤都来不及检查便赶紧推着车子绕开了。岸边不断有大货车开过来，扬得尘土漫天，黏在我湿漉漉的身上，变成泥浆一样，更彰显我落魄本色。

2013年7月12日，堰塞湖旁

遭遇"精心策划"的盗窃

2013.7.13—7.14　吉尔吉特

从堰塞湖出发没多久便到了巴基斯坦北方城镇吉尔吉特。

作为古印度贵霜帝国连接中国西域的重镇，吉尔吉特曾是丝绸之路上的商贸中心，也是佛教传入中国的桥头堡，东晋高僧法显和大唐玄奘法师都曾在此留下足迹。

如今，吉尔吉特辉煌不再，但依然地处交通要道，与喀喇昆仑公路遥遥相望。城中坐落着一座中国烈士陵园，陵园的中间，矗立着白色纪念碑，红色的碑文写着：中国援助巴基斯坦建设公路光荣牺牲同志之墓，建碑日期为1978年6月。此地长眠着88位中国建设者的英魂，也是每一个走在喀喇昆仑公路上的中国人都会去祭拜的地方。

我从吉尔吉特穿城而过，并没有逗留。

吉尔吉特城外便是吉尔吉特河，那是一条由雪山融水汇聚而成的河流。途经吉尔吉特河边，我看到很多人在河里洗澡，不由心动，于是也推车子过去，打算泡个澡。

因为想在泡澡的时候顺便看会儿电子书，就在下河时带了手机。万万没想到，脚下突然一滑，手机"扑通"一声掉水里了——这可是我前天在堰塞湖边宁可自己掉水里也要抢救回来的家什啊！

我赶紧捞出来，蹲在水里擦干，又将电池，SIM卡（手机用户身份识别卡），TF卡（手机存储卡）取出，祈祷着手机没事儿。上天肯定没听到我的祈祷，手一滑，刚拆出来的TF卡又掉进水里去了。

手机TF卡不过指甲盖大小，水流湍急，我的脑袋"嗡"的一声炸了：卡中有我拷贝的大量的电子书，这是我每天最重要的娱乐，精神食粮啊！而且看过的书做了很多的电子书签还没有整理，这对我来说是更加宝贵的财富。难道就这样在一瞬间付诸东流了？

我陷入了深深的哀伤。

这时河岸上有个小孩儿似乎看到了我刚刚经历的一幕，便过来和我打招呼。

小家伙儿英语不错，聊了几句便问到我刚才为什么那么难过，我说是TF卡掉水里了，说的时候我还想也许这孩子连TF卡是什么都不知道吧。

谁知小孩儿居然蹲在一块石头上，慢慢地将手浸入水中，摸索着，他像变魔术一般，盯着我的眼睛，慢慢地将手从水中提起，把手中捏着的卡片缓缓地举到我的眼前。

"Is it?"他微笑着问。

我简直难以相信，在这么急的水流中，一张塑料小卡片竟然没有被冲走。而且我找了那么久都没有找到，怎么他就像是知道我的TF卡在哪里一样？

然而对我来说，他怎么找到的并不重要，重要的是我又能继续看电子书了！当时我高兴地双手握着那小孩儿的手贴在我的脑门上，不停地感谢他。即便是这样也无法表达我的喜悦和感激，于是我又从放在岸边的衬衫口袋中掏出300卢比给他作为谢礼，这已经是买一张新卡的价钱了。

之后的气氛非常友好，我们又东拉西扯地聊了一会儿，他突然指了指附近打肥皂洗澡的人说："你应该像别人一样好好洗洗。"

我当时完全没有意识到，一场阴谋正在拉开帷幕。

我没来得及回答，他就已经跑到附近泡澡的人那里借了块肥皂给我让我洗头，我看那块肥皂的质量很差，于是仅仅低下头来洗了洗脸。

洗过之后，小孩儿说要去还肥皂。奇怪的是，他拿着肥皂走到不

2013年7月14日，吉尔吉特

远处，偷偷回头看了我一眼便直接跑掉了。

我立刻意识到了不对劲儿，再一看放在岸上的衣服兜里，剩下的钱都没了。

原来他趁着我低下头洗脸的时候，就将我的钱卷跑了。

丢的钱折合人民币大概300元左右，倒不是什么大钱，只是想起来让我不由得苦笑。想来，这小孩儿的盗窃计划肯定是从看到我的时候就开始酝酿，用找TF卡取得了我的信任，然后借我肥皂来创造犯罪时机，最后以还肥皂为借口脱离犯罪现场。

真是一环扣一环的完美犯罪啊……

这么聪明的小罪犯简直让我生不起气来，尤其是想到他还拯救了我的TF卡，我苦笑着摇摇头爬上岸，心想我的书单里应该加上一些侦探小说学习学习。

连警察局也不安全？

一夜休整，我早上9点离开吉尔吉特。出发前往齐拉斯（Chilās）。

今天这段路危机重重，可以说是我出发以来遇到的最生死攸关的路段。

齐拉斯地区的部族跟塔利班有千丝万缕的联系。仅在20天前，3名中国公民在此地遇袭，其中两人遇难身亡。

据说当时有10～12名武装分子参与这次袭击，袭击者全都身穿当地安全部队的服装。面对如此嚣张的恐怖分子，即使如今看上去一路太平，我也不得不提高警惕。

但是我不准备搭乘大巴车，而是希望通过计划时间，将长达50～70公里的高危路段放在中午最热的时候通过。

中午的气温会超过40摄氏度，我就不信了，塔利班的人会在如此炎热的正午出来从事恐怖活动——而不是在家愉快地睡午觉。

至于我，我当然怕热，然而与生命的危机比起来，高温与疲劳便显得无足轻重了！

我一边为自己的机智点赞，一边独自在河谷中穿行。

两侧是光秃秃的峭壁，这里几乎看不到树木和动物，只有河水在一旁静静地流淌。我时刻对附近的山保持警惕，像个侦察兵一样判断着哪个位置适合游击队掩藏，并且在心里规划着观察到异常后如何选择撤退路线等问题。

当我心神不宁地骑到60公里处的中心地带时，竟然看到几个中国工人在山壁下纳凉，周围有十几个荷枪实弹的警察。几位师傅说其实这个地区的局势一直都比较紧张，不过他们干活儿也是为巴基斯坦搞

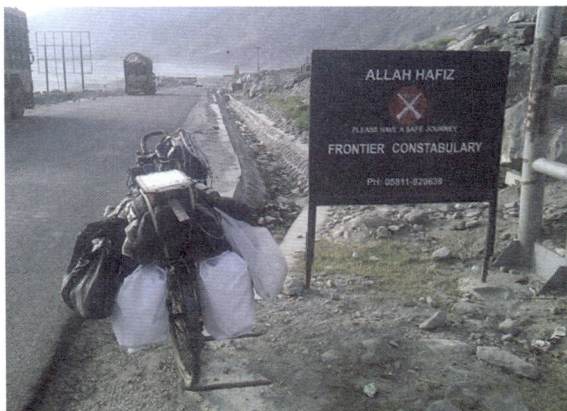

2013年7月15日

建设，塔利班还没找过他们麻烦。聊了一会儿，我似乎也不觉得有什么危险了。

一放松下来，疲劳、炎热、干渴的感觉全涌了上来，并一股脑地转化为食欲。我顿时感到腹中饥饿，脑子里只想着到了下一个地方一定要好好吃个痛快。

在离齐拉斯不远处，我路过的一个小镇有个热闹的市集，人们在树荫下围着一口大井，有人摆地摊卖各种水果蔬菜。我破天荒地掏钱买了不少西瓜、葡萄等水果，庆祝自己"战胜"塔利班平安生还。

准备离开镇子时，发现离公路不远有个警察局。虽然离天黑还有些时间，但是考虑到这个地区都属于高危范围，我还是希望晚上能够住在这个最安全的地方。

正在想呢，我被一位巡逻的警察同志发现，他了解了我的情况后让我到警局里去做个登记，并且说这里很危险，希望我可以住在警局里。

这可真是刚打瞌睡送枕头，我二话不说跟上就走！

这儿的警察局像个小碉堡，外面没有什么装饰。土黄色城墙一样的4排房子围成一个巨大的"口"字形，四个角上的瞭望台给这里平添了一分硝烟的气味。

　　碉堡里足有20多个警察，然而大家对于我的安排问题似乎产生了争议，有的让我睡在院子里，有的让我睡屋顶上，甚至还有的让我睡在牢房里。我眼巴巴地看着他们争了一个多小时也没争出结果，关键是作为当事人的我还插不上嘴。

　　眼瞅着天快黑了，我只好自作主张地拎了帐篷搭在了天台上，默默宣布今晚我就在这儿过夜了！

　　警察同志们看着我支起帐篷，倒也没说什么，默认了我的选择。只是过了一会儿，警长突然一个人跑了上来。二话不说，就把我从帐篷里揪了出来，让我立刻将车子和行李都放到一个小屋子中，挂上一把大锁，并将钥匙塞给了我。

距离齐拉斯73公里

距离齐拉斯37公里

"这个屋子是拘留犯人用的，非常结实，是最安全的地方。"他神情严肃地对我说。

警长的话令我觉得很奇怪，难道警察局的大院里还不安全吗？莫非是在暗示我警察内部的隐患也需要提防？

那天夜里风非常大，帐篷在天台上被吹得哗啦哗啦地响。每次被吵醒我就会想起警长的话，然后就会觉得帐篷外面有人在看着我。

一夜都没睡好，直到天亮。

沉默的雇佣兵

2013.7.16—7.17　齐拉斯—贝沙姆

离开警局不久到了传说中的塔利班活跃区齐拉斯。

齐拉斯看起来是个安宁的小镇，我却也没敢在镇子上停留。一路向贝沙姆（Besham）狂奔。

我的计划还是和之前一样，希望能在高温掩护下，趁着（或者说是想象着）塔利班午睡时间穿越最危险的路段。

然而这一天可真不是一般的热，地面上1米高处都能看到景象在高温中摇曳，烈日当头，把我晒得头晕目眩，还没到中午就出现了中暑的症状。

没办法，只得找了个涵洞休息。

我躺在阴凉地上，觉得全身酸软——这时就算远远出现一队塔利班，我都不想挪窝了。

休息了好一会儿，我迷迷糊糊地睡着了，突然一个人影出现在我面前。

我吓得几乎蹿起来。定睛一看，幸好是个警察。

原来是个正在巡逻的警察，看到了我停在外面的单车就下来盘问我，听说我是旅行者后极力劝我不要停在这里。他说，这里太危险，一会儿会有塔利班来射杀你的！

我觉得他说的有些耸人听闻，那些带着保镖的中国工人明明告诉我不用担心的嘛，于是便告诉他我中暑了，不想动弹。那个警察拿我没办法，只好拿着对讲机不断地说话，似乎是在向总部汇报。

过了一会儿，开来一辆被皮革罩得严严实实的警用皮卡，同时传来总部的指示：这段路太危险，不能让我自己骑车，必须由警察护送

我过去。

我还没来得及表达抗议，这位警察老兄就把我的车子连同我本人扔进了皮卡后面的斗里，然后自己也爬了进来，咧开嘴冲我笑笑，指着厚厚的皮革罩子说，这里比坐在前面安全——不容易被狙杀。

我郁闷地蹲在皮革罩里，回味着警察老兄的话，这时候又钻进来了一个人。

那个家伙肩上挂着一排子弹，并用头巾将脸蒙得严严实实，全身散发出神秘的气息。

神秘人一言不发，麻利地掀开天窗，踩在一张小椅子上将上半身探了出去。然后将子弹挂在固定在车顶上的一挺机关枪上后，大喊了一句我听不懂的话，车子缓缓地在这寂静的山谷中发动起来……

警察老兄指着神秘人说："这家伙才19岁，是迪拜人，以前干过两年佣兵，但是他从不说自己曾经的经历。"

"这样的人怎么还能当警察，政审能过吗？"我奇怪地问。警察却神秘的一笑，"因为他的运气吧"。

其实我想不通天天站在这个吸引子弹的位置上有什么运气可言，但我也没多问。

2013年7月17日，被全副武装的警车押送

公路非常烂，车子开得虽然不快但仍然很颠簸。开了有半个小时，神秘人又喊了一句话。警察老兄让我把脚边的水瓶子递给他，因为天太热，他需要降降温。神秘人接过瓶子，单手拧开瓶盖，然后将整瓶水都浇在头上，再随手将瓶子丢进车内。

从头到尾他都没有离开他的岗位，也没说一句多余的话。不知道是什么样的经历，让他愿意像靶子一样站在那儿为我们保驾护航，但是缩在角落里的我实在惭愧。

大概走了50公里，看到十几辆大客车停在一个检查站旁。说是前方属于高危地区，所有车辆必须由军方保护结伴而行。那些警察将我送到检查站，把我转交给这一片区的负责人。负责人告诉我，独自通过这片区域是不可能的，那样我们将会认定你为塔利班人员，只能待会儿跟着他们的军车一起走。

于是，我的护送人员从警察升级为军队。

半小时后，十几辆由军警车辆护送的车队浩浩荡荡地出发了。这次搭的同样是警用皮卡车，只是神秘人不再同行，而换成了3个荷枪实弹的老军人。

这些老兵和神秘人完全不同，都是些话痨。可是他们英语太差，再加上外面声音嘈杂，我根本没听懂他们在说什么。

这一路上，我们不停更换车辆和护送部队，到了晚上9点多的时候，已经换了6辆车，一路的颠簸让我疲惫不堪。到达贝沙姆检查站的时候竟然还有另一队警察在等待护送我。

然而我却已经受不了了。我向检查站的负责人请求住在他们那里，对方却很为难。他们说这个检查站也是危险的地方，他们无法保证我的安全。最后负责人开车将我送到贝沙姆的镇上，他说这里有中国人或许可以帮助我。

我们到了一家宾馆，这里果然住着几位中国人。见了老乡自然

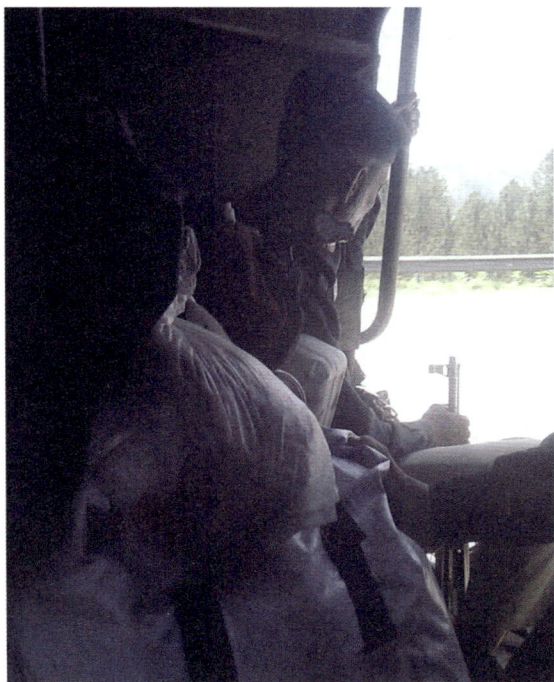

2013年7月17日，
护送我的士兵

高兴，他们是在这里修路的，听了我的情况便主动要带我去旅馆，一个姓刘的工程师说这里的价格可以商量。本来我是多少钱都不准备住的，结果这位大哥真让我开了眼，他竟然把价格杀到了免费，我简直要拜师了。

　　最后给我安排在一个很不错的双人标间，晚上听他们介绍了这个地区以及巴基斯坦国家的政治情况。第二天，收拾好东西，刚到了酒店大厅就看到两名警察大哥在这里"蹲守"我呢。没的说，继续押运，两名警察大哥一左一右把我"押"进皮卡，又开始了新一天的护送。

山中青年欢乐多

2013.7.18—7.20　贝沙姆—伊斯兰堡

　　经过连续两天的押运，我也差不多离开了最危险的地带。在我向警察叔叔反复保证会走安全的道路穿越穆里山前往伊斯兰堡后，护送车队才撤去。我终于获得了久违的自由。

　　穆里山中都是山路，而且坡度还不小。幸好山中树木葱郁，景色很好，我也不是很着急，骑一会儿便停下来玩一会儿，骑得也算悠闲。

　　快天黑时在路旁遇到一位长得又高又壮的小伙子，自称阿米尔，才20岁。

　　阿米尔对我的旅行非常感兴趣，并极力邀请我住在他家。正好我也很闲，于是不介意停下来体验一把当地生活。

　　阿米尔家在半山腰上，他还有两个小伙伴也在那儿——一个叫阿卜杜勒的小胖子和一个有点儿像金城武的小帅哥。小帅哥表情严肃，动作潇洒干练，活脱脱一枚冷面"欧巴"。我不由得感慨，这种人是怎么和阿米尔还有阿卜杜勒交上朋友的？

　　这时，阿卜杜勒貌似讲了个笑话，阿米尔还没反应过来，"金城武"却扑哧一下喷了，笑得前仰后合，就差翻倒在地了。

　　万万没想到，"金城武"居然也是这样一个活宝。

　　阿米尔把我介绍给两个活宝，然后说晚上要带我去另一座山上的某个好地方——说到这个好地方，阿米尔就兴奋起来，眉飞色舞，语速也越来越快，我几乎完全听不懂了，正想问清楚，开晚饭了。

　　晚饭非常丰富，先是各种水果，然后是米饭，配着各种菜酱吃。不过我的心里一直挂念着阿米尔口中那个"神秘的地方"。

2013年7月18日，穆里山中，山路颠簸强度令人吐血

晚饭后，大家开始准备去那个"神秘的地方"了，对此，阿米尔非常紧张，让我换了一套干净的衣服，并反复地问我：你还有没有更好的衣服？最后我连鞋子都换了，他还整了一瓶子劣质香水在我身上一顿乱喷。他说，那里有很多漂亮的女士，一定要穿得正式点，并且要注意仪态和礼貌。

一定是夜店！我这样想着，不禁也紧张起来，在这个禁欲的伊斯兰国家，尺度一定要好好把握啊。

不久阿米尔的另外朋友开了两辆车来。虽然车内的位子足够，但是阿卜杜勒却打开了后车盖，问我要不要坐在后备厢里。我以为是开玩笑，后备厢多危险，自然是拒绝了。然后就看到阿卜杜勒和"金城武"争着坐了进去——万万没想到这后备厢还是VIP专座！

大家的欢声笑语在夜空下的山岳中飞扬。车内的音响开得非常大，感觉整个世界都在震动。阿卜杜勒还兴奋地唱起歌来，阿米尔开心之余还不忘了问我："快要到了哦，有没有紧张？"

我们是要上战场吗？

不记得翻过了几座山头，车子开了足有40分钟，终于到了一条灯光密集、热闹非常的街上。街上商铺林立、行人如织。汽车在人潮中慢慢地行驶。不断地有熟人跟阿米尔打着招呼。

到了街的另一头，阿米尔拉着我上了另一辆车。开车的是个戴眼镜的斯文年轻人，似乎也是阿米尔的朋友。那家伙打着方向盘缓缓地转回了来时的方向，还对着电话不停地讲乌尔都语。

是没找到夜店吗？还是人没凑齐？我暗暗有些疑惑。

又一次到了来时的街头，阿米尔总算带我下了车，似乎是终于等到了人，和另几个穿得吊儿郎当的小哥们一一拥抱并介绍了我。然后大家在街上边走边聊。过一会儿到了街头，又遇到了阿卜杜勒和"金城武"，然后大家又……往回走。

这时我有了一种不祥的预感，他们说的"神秘的地方"，难道是……

大概又如此反复走了七八趟，我终于确信，我的预感是对的……这所谓的"神秘的地方"……说的就是这条商业街本身啊！

万万没想到，阿米尔如此郑重其事，居然只是为了出来逛街。

看来这就是大山中的青年，甚至是所有年龄段的人热衷的娱乐方式了，即便是这短短2公里不到的商业街，大家却乐此不疲地享受着这种社交方式。和不同的朋友搭伴反复走在这条可怜的街道上，几乎所有的青年都认识了我。大家都热情地向我打招呼，即便是刚才一趟才认识的人再见面时就像久别重逢的朋友一样了。

我觉得胸口荡漾着一股温暖的……囧意。

当地传统服饰防虫防晒又凉快

其实，我是塔利班

2013.7.20—7.27　伊斯兰堡—拉合尔

7月20日，我抵达伊斯兰堡，在这个大城市无所事事地停留了4天才重新上路。

7月26日，这一日，在快接近日落的时候，我已经到了离巴基斯坦的拉合尔（Lahore）不到10公里的城郊。由于这里的塔利班恐怖分子猖獗，在城市里露营并不是最佳选择。所以我只好骑行到一座拱桥上停下，坐在桥栏杆上四周环望，打开食物包，拿出面包，边吃边观察着周围，搜寻有没有适合过夜的地方。

正在这时，一辆刚刚开过去的小车竟然倒了回来，在我身后不远处停了下来，一位身穿灰色长袍、满脸胡须、三四十岁的男子从车上下来，走到我面前，然后嘴一张，向我喷了一个带着浓浓酒气的浑厚饱嗝！

我当时眉头一皱，眼一闭——竟然遇到个酒鬼！谁知，他顿时哈哈大笑起来，然后举起手掌伸向我，仿佛要击掌的样子。

我知道这是要和我击掌，就像我们国家的人见面握手一样，如果对方这样你不伸出手会显得很尴尬，所以我配合地伸手在他手上拍了一下，这大哥马上开心地说了一大串乌尔都语。

眼看就要天黑，我晚上的住处还没着落，便比画着跟他说了自己是出来旅行的，是否可以帮我找个能安全住的地方。他一听，开心地拍着我的肩膀，用蹩脚的英语说："我家就住在前面，你的车，装不下我的车，你跟我来，跟在我后面。"说完，便转身上了车。

我跟在酒鬼大叔的车后面，没多久，我们拐进了一家路边的餐

厅。酒鬼大叔款待我土豆炖牛肉、恰巴提和汽水，酒足饭饱后，他又说要带我去印巴口岸附近走一趟，因为体验当地人的生活是我旅行的一个目的，所以我很痛快地同意了他的建议。

将车子和行李推进了餐馆的一个杂货间，然后他说还要找朋友和我们一起去，不一会儿来了个人高马大、两眼和铃铛一样大、头上缠个大头巾、黑胡子、不说话都看不见嘴、带着满脸凶相的男人走过来，酒鬼大叔也不介绍，大个子也不打招呼便和我一起上了汽车。

一路上大叔都在手舞足蹈地和我聊着与性相关的话题，他的酒劲还没过去，非常兴奋，不断地跟我谈论着他的历任女友。还边开车边拨打了女友的电话，让我和对方聊天。无论是我还是电话中的女人都不知道要聊什么，我只能象征性问一些简单的问题，感觉非常尴尬，唯有酒鬼大叔在一旁开心得不得了。而后面的大块头也不知道是不是不懂英语，一句话不说，只是嘿嘿地冷笑。

过了大约30分钟，车子慢慢地开进一条幽深、僻静的巷子里，并逐渐减速停了下来。此时酒鬼大叔关掉了车灯，四周一下子被黑暗包围。不知道为什么他突然也沉默了，而身后的大块头更是像死了一样，一点儿动静都没有。

车里只剩下喘气声，我感觉有点儿恐怖了，不是去看看口岸的夜景吗？这是要去哪儿？这时，酒鬼大叔突然将车门锁死，"啪"的一声响，我心里也"咯噔"了一下。

只见他一扫之前的醉态，看着前方的夜幕缓缓地说："其实，我是塔利班。"

一刹那，我全身的血液仿佛凝固了一般，大脑却在拼命地飞速转动，思考这句话背后的意义。我尽全力让自己看起来放松一些，却无法控制自己越来越急促的呼吸。他转过头，幽幽地盯着我看。

这时外面有人轻轻地敲车窗，酒鬼大叔摇下玻璃，向黑暗中递出一沓子钞票。我立刻想到，难道是要花钱找人处理我？还是处理我的尸体呢？外面的人不紧不慢地唰唰地点着钱，把钱塞进了他的包里，然后神秘地塞给酒鬼大叔用报纸包裹的一个东西。月光下我看到报纸包的东西形状很像手枪，因为记得小的时候爸爸在我过生日时送我的礼物就是用报纸包裹的玩具手枪，和这个很像。

　　我几乎在心中喊了出来。这时酒鬼大叔缓缓地将那东西对准了我……

　　突然！大叔一把扯开了报纸，吓得我"啊"的一声双手抱住了头……过了半晌，没有听到任何动静，难道我还活着？我慢慢地睁开双眼，发现对着我的只是一瓶洋酒！

拉合尔可怕的夏日，人们唯一想做的就是泡在水里

酒鬼大叔看着我紧张的脸，终于绷不住劲儿，哈哈大笑起来，并再次把手掌举到我面前，要跟我击掌。我无力地在上面一拍，发现自己已经惊出了一身汗，心中对大叔精湛的演技佩服不已。

　　回去的路上酒鬼大叔将车子开得飞快，仿佛迫不及待地要回家和他的朋友畅饮新买的酒。他紧紧握着方向盘，不停地超车，口中不断发出"嗖""叭叭"等拟声词，并不时地将身子探出窗外，用乌尔都语调侃被超的司机。

　　一路惊心动魄地回到了之前的餐馆，酒鬼大叔才告诉我，自己是这里的老板，整个餐馆和后面的仓库都是他的。他让伙计们踩着梯子将几张床、一张桌子、一台大电扇搬到了餐馆的屋顶上。又叫人送上来零食、饮料，像庆祝节日一样将辛苦带回来的威士忌打开，让他的大块头朋友过来坐，和我一起，把酒倒在玻璃杯里。然后他加了冰块，我加了可乐，三个杯子碰在一起发出清脆的声音——这一切，在这个禁酒的国度显得那么不真实。

　　即使在严格的宗教律法下，国民依然有追求自由的一面。

"穆斯林？" "不是！"

2013.7.27—8.8　拉合尔—伊斯兰堡

为了申请伊朗签证，我在拉合尔又停留了5天，8月6日去领签证的时候，却得到了一个"惊天喜讯"——商务签证必须要回伊斯兰堡续签！

我才不想骑回头路，软磨硬泡了半天，签证事务官终于给了我地址和人名，让我去碰碰运气。于是我骑过了整整两条主路，最终到达了市政区，千辛万苦找到了事务官推荐的负责人，苦苦地哀求，那人像模像样地拨了十几通电话，却都没能接通。

所以最后我还是得回伊斯兰堡。

没办法，好马也得吃回头草。离开拉合尔，我又路过了那个酒鬼大叔的餐厅，虽然是斋月（伊斯兰教封斋的一个月，即伊斯兰教历的九月。伊斯兰教认为该月是一年中最吉祥、高贵的月份，应封斋。）的白天，但是这里的生意依然非常好，大都是货车司机在这里大快朵颐，餐厅外围用一层黄色的帘子围了一圈，遮住了里面的盛宴景象。有几个伙计认出了我，他们不会英语，比画着告诉我老板不在，并主动跟他们的老板打了电话。那酒鬼大叔听到我的声音，立即兴奋起来，先安排我在餐馆大吃一顿，随后他驱车赶回，说晚上要带我去拉合尔市内好好地玩个痛快。

不过签证的事儿让我心里很郁结，没心思玩，于是谢绝他的好意并向他告辞，离开了拉合尔。

当天傍晚下起了阵雨，我没有找到适合住宿的地方，便决定今天多走一些。路过一个村庄时，一个骑摩托的年轻人看到了我，他的英

语非常烂，却非要和我聊天，并诚挚地邀请我去他们家住，本不想那么早停下来，但是这个年轻人跟着我走了10多分钟，一路坚持地请求我，我也不太好意思再拒绝了。

年轻人听到我接受了邀请，简直高兴坏了。带着我进了路边的村子，他突然开玩笑一样地问我："你是穆斯林吗？"

"不是。"

他问得突然，我答得也干脆，只是这年轻人瞬间像被雷劈中了一样惊恐。迟疑了大概七八秒后，他稳定了一番心神，小声地嘀咕："没问题……"这话更像是他对自己说的。走了几步他又对我的短裤产生了质疑。

"你有没有长裤子换？"

"在包里，不好拿。"

于是他像再次受到了打击一样，说老人们看到我穿短裤会不高兴，苦苦地哀求我在路边上就把长裤子穿上。

最终他带着要面临决战的表情带我进了一户院子，转了一圈，我发现这个院子……是养牛的，只在角落有一间小仓库，仓库边上倒是有两张木架子的藤床，他让我先在床上休息，说过一会儿给我带吃的来。这孩子走出门后，我听到了锁门的声音——看来他很不放心我啊。

过了足有一个小时，他带回了一些吃的，吃过之后，他带我离开了院子，到了对面的一栋正在装修的房子里，说这是他们家正在盖的新房，干活的都是邻居和亲戚。然后他又带我去村里转，只有那么几个小铺子却来来回回地走，并且不停地向他的小伙伴介绍我，好像一个生物学家在迫不及待地向世人展示自己发现的新物种。

我对这种"逛街娱乐"实在提不起兴趣，更不喜欢自己被当作怪胎一样展示，于是我就说累了，要回去休息，他虽然没有拒绝，但还是表现出很失望的样子。

没想到，他将我带回了小院子后又安排了父老乡亲来"参观"我，围观群众几乎不会说英语，只是开心地看着我然后相互嘀咕，这是把我当成动物园的猴子了吗？

　　那年轻人还在一旁满脸羡慕地对我说："他们可都是特地来看你的呀！"看到我一脸要吃人的表情，他又补充了一句："如果你觉得累了，就告诉我哦。"我当即表示累了，叫他们都回去吧。他却惊讶地重复了一遍："他们可是特地来看你的呀！"似乎我说了什么残忍的话。我没理他，转头回去睡觉了。

　　第二天早上，一起吃早餐的时候，年轻人再三地邀请我多住几日，他说过几天便是开斋节，全家都希望能够和我一起欢度佳节。可惜，我在他家住得并不愉快，毕竟谁都不喜欢天天被"参观"的生活。于是，虽然早上下起了雨，但我仍坚持在雨中出发了——还是在路上最开心。

疑似塔利班的一家人

2013.8.8—8.20　　*伊斯兰堡—克哈特*

　　去伊斯兰堡办签证的事儿拖了我有一个礼拜，算上之前的4天，我在这个城市住了整整10天，比起在一座城市停留，我还是更喜欢在路上不断地移动。

　　8月17日终于离开伊斯兰堡的时候，我心里有点儿小小的疲惫。

　　8月18日，我骑到克哈特（Kohat）辖下一个叫宏鞑镇的地方，遇到一个讲一口漂亮英语的19岁小伙子邀请我去他家住。

　　小伙子叫内穆图拉，有5个兄弟姐妹，见到我来都藏了起来，基本看不到。他的父亲倒是很亲切，一直对我说"这就是你的家，最安全的地方""你就是我的孩子"等等。

　　这家人亲切而又文质彬彬，给我的感觉非常好。本来我是打算住一天就走的，但内穆图拉父子十分热情地邀请我再多住一天。

　　于是我留下来，在内穆图拉的陪伴下玩了一整天。

　　上午，内穆图拉兴致勃勃地带我去附近的村中参观清真寺，去林中看巨大的蜂巢。下午，内穆图拉又带我去清真寺做礼拜，给我讲寺里的规矩，然后约当地人和我一起打板球。晚上，内穆图拉又带我去看能收到中文节目的电视。

　　这一天，内穆图拉对我照顾得无微不至，他请我多住几天，说如果住到星期五，会有人来给我很多钱路上花——对此我并不以为意，笑了笑一笔带过。

　　到第二天，内穆图拉父子还是挽留我，内穆图拉的老父亲竟然再次提到如果我留到星期五，会有人来给我一大笔钱。有一个组织愿意支持我的旅行，愿意为我提供各种帮助。

我不知道内穆图拉父子口中的“组织”是什么，虽然好奇心令我跃跃欲试，但是理智告诉我这怪事太玄，很危险。于是我采取了一种折中的方法，我说我要先去白沙瓦，如果回来的话再来拜访。

见我去意已决，他们也不再挽留，临走前，内穆图拉老爹帮我扎了个阿拉伯式样的头巾，告诉我，我永远是他家的一分子。

这份情谊让我感动，然而却想不到，我最后竟拖累了他们。

那是离开宏鞑镇的第二天，在检查站被一个大胡子警察截下，要求用警车将我送到克哈特。

在自家店里，老板说需要什么随便拿

我都已经习惯了被军警车押送，也没多说什么就同意了，没想到，到了克哈特，当地警方竟然拒绝接管我！于是我又像踢皮球一样被送回最初上车的那个检查站。

我很无语，那个大胡子警察也很无奈，上报了警察控制中心后被要求将我移交到金德（Jand），由更高一层接管。

于是我又被送到金德，然而和克哈特一样，金德警方也拒绝接收我！大胡子警察似乎早有预料，把我丢下就跑了，于是金德警察仿佛接了个烫手山芋一般，紧张兮兮地又与他们的高层联系，最终，警察们经过一番错综复杂的电话来回沟通，大家一致决定：将我送回伊斯兰堡。

又是伊斯兰堡！

我说什么都不肯回伊斯兰堡，但金德警方也很轴，横竖不允许我再往前骑。

又不肯接收我，又不让我走，我真是没脾气了，只好说，我在克哈特的宏鞑镇有朋友，请把我送到我朋友那里去，金德警察局长很敷衍地同意了我的请求，把我哄上了车子。然后就是一站一站地换车，路过宏鞑镇的时候早已是一队陌生的警察负责押送我。

在宏鞑镇口，警察让我提供联系人的姓名，我说叫内穆图拉。几个警察对视了一眼："这不是巴基斯坦人的名字，告诉我他的电话。"我当时并没有听出他们语气的异样，便把记在本子上的电话给他们看了。之后，一位警察用手机拨了过去，电话接通后，那个警察用乌尔都语像发布命令一样严肃地和对方交谈。

仅仅是几句话，对话就结束了。那警察用乌尔都语向司机大声发布了命令，于是整个气氛都变了。车子开始加速，车上的人都在低声相互交谈。很快到了宏鞑镇，警察让我留在车上，他们按照我说的位置去找那朋友的家。

这时我才意识到可能因为我的一时方便给朋友引火上身了。没一会儿警察回来了，他们说找到了房子但是没有人。

内穆图拉全家在接到警察电话后，立刻抛弃一切跑了。

看来事态严重了。那些警察或者是严肃地打手机汇报，或者是盘问当地的村民。过了一会儿，又来了一车警察，说是来接我回伊斯兰堡。之前的4名警察说要去执行其他任务，不能继续护送我了。

所谓其他任务就是去调查内穆图拉一家人吧。

迄今为止，我也不知道内穆图拉一家是否真的跟恐怖分子有什么瓜葛，我只知道他们很热情地帮助了我，而我给他们带来了警察，逼迫他们抛弃了自己的家。

这真不是一句简单的"对不起"所能弥补的。

被三方势力钉死的骑行

2013.8.20—8.25　*克哈特—伊斯兰堡—德拉加齐汗*

　　神奇的日子开始了。我被各路警察押送着，却又被各种"上面的命令"踢皮球，像个没头苍蝇一样在巴基斯坦并不广袤的土地上乱窜。

　　大部分接送我的警察负责的区域都很小，每50公里左右就要换警车押送。每换一次车，都有新的警察向我表示着相同的好奇，问我几乎相同的问题，不外乎家里几口人啊，为什么还没结婚啊，赚多少钱啊，这一路就像是"马拉松"审讯一样，我日复一日地回答着相同的问题，到最后我都学会抢答了。

　　即将到伊斯兰堡的时候，不同片区的警察之间在交接我的问题上又一次产生了矛盾。

　　当时负责押送我回伊斯兰堡的小个子警察接收到的是外保中心的命令，而交接方的大个子警察询问的却是警察控制中心。

　　两个部门似乎完全没有默契，警控中心不知道出于怎样的目的而下达了奇怪的命令，坚持要把我"从哪儿送来的送回哪儿去"。于是，大个子警察把我装上车，又沿着刚来的路，连夜把我送回到了小个子警察手里。

　　我被送回来的时候，小个子警察也前脚刚回来，一看到我有点儿蒙。大个子警察趁此之际脚底抹油就溜了——他也知道这事儿挺荒唐。

　　小个子一时没反应过来，又给外保中心打电话，确定了任务不变，还是要把我送到伊斯兰堡。

　　从拉合尔办护照那时候起，我就对巴基斯坦的官僚系统充满了怨念，如今已经到了爆炸边缘，我强忍胸中几欲爆裂的愤懑，高声质问小个子："你明知道送我回去待会儿还要被送回来，就不能好好问问你们领导，让他们自己去沟通吗？"

小个子大半夜遇到这么个事儿也很不爽，拔高了嗓门："我不知道，我只能服从命令！"在折腾了半宿的押送和交接后，我还是被送到了伊斯兰堡。

这次没有把我送给大个子，但情况更糟，即便已经到了伊斯兰堡，当地接收的警方也不允许我自己走，而是把我圈禁起来，说要等待上层的讨论结果。

最终在快要天亮时，一个警察将接通的手机递给我，我一听，对方竟然是中国人。

他自称是中国驻巴基斯坦领事，姓江，收到警察控制中心的委托，劝我不要在危险地区骑车。这位江领事非常耐心地给我讲了当地

等待警方交接

的局势对一个骑车旅行者有多危险，但是仍然没有打动我。最后他客气地问了我家里的电话，希望通过我的家人来劝阻我的危险活动。

　　我知道这是徒劳，果然没多久他又再次联系我，只是说："你的父母很开明，他们愿意尊重你的意见。"有了爸妈的助攻，第二次的交谈双方放松了很多，他并没有再劝我放弃单车旅行，而是像朋友一样介绍了当地的局势、需要注意的事情以及遭遇情况后可以采取的措施，希望我在特殊地区可以尽量配合警察的保护。

　　和江领事沟通完后，我继续被押送上路。看来在巴基斯坦自由骑行是没机会了。

零距离观看警匪追逐

2013.8.25—9.2　德拉加齐汗—卡拉奇—阿巴斯港（伊朗）

　　被武装押运的这段日子，充满神奇却又乏善可陈，我垂头丧气地坐在各路警车中被押运着，眼看着签证一天天快要到期，却再也没有机会骑上自行车。

　　幸亏一路上还有些突发事件，多少算给这段无奈的旅程添加了一些趣味。

　　8月25日，在中部城市德拉加齐汗（Dera Ghāzi Khān）的时候，我像往常一样坐在警用皮卡车斗里，和两位持枪警员以及一位蓄着胡子的警官聊着些我都说了一万遍的话题。

　　突然司机开始对着窗外大喊，我向车外探身，发现司机吼的是一辆与警车并行的印度式的"三蹦子"。"被剐蹭了吗？"我有点儿幸灾乐祸地想。

　　没想到"三蹦子"突然减速掉头，似乎要逃跑的样子，刚刚跟我友善聊天的那位警官一声暴喝，然后我们的车子也剧烈地转向，司机给足了油要追那辆"三蹦子"。

　　皮卡vs"三蹦子"——一场宝莱坞风格的飞车追逐，就这样猝不及防地拉开了序幕。

　　眼看着警车加速，"三蹦子"突然一个大拐弯驶离了公路，压着半米高的农作物生生地从农田里轧了过去，我们的司机也是不甘示弱，猛打方向盘跟着"三蹦子"一起蹿出了公路。

　　皮卡在农田里颠簸得非常厉害，车子上装汽油的瓶子都被颠到角落去了。我边上的警察大叔更是直接将AK47摘了下来，"哗啦"一声子弹上膛，将半个身子探到车外，边大声叫骂边进行瞄准。

这种场面可不是随随便便就能遇到的。我悄悄地把手机拿出来，只露出镜头的一半开始录像。此时此刻，不远处的"三蹦子"似乎感觉跑不掉，突然停下了车子，3个青年男子从车中窜出，往不同的方向跑。其中一个青年脚上还打着石膏，挂着单拐一蹦一蹦地跑，身残志坚真是让人感动。

但是随着我们汽车停下，很快看到他被长官追上后制伏了，大概只是三五分钟的工夫，另外两个青年也垂头丧气地被抓了回来。这期间，警官喘着粗气，将那个打着石膏的人的脑袋按在发动机盖上问话，边问话边用枪托打他，而他只是大声喊叫，似乎并不配合长官的提问。

最后将他们押上车的时候，驾驶员发现了我在录像，一把将我的手机夺了过去交给了警官。警官发现之后非常生气，想要删除视频，翻来覆去却不会用智能手机。最后他强压怒火告诉我，他必须等回去后将相关的照片删除（他以为我是在拍照），然后才能将手机还给我。"警察执行公务决不允许录像！"警官怒气冲冲地说，顿了顿又补充了一句，"即便你是中国人也不能录像。"

我自知理亏，只能很配合地表示理解，并请他们不要将无关的照片也删了。警官没有回答，只是生气地将那3个青年和我一并塞进了皮卡。

上车后，那个打着石膏的人就挤在我边上。虽然他受伤最重，脸上也有很多瘀青。但是他看起来并不以为然。我问他犯了什么事儿，他也只是轻描淡写地回答"Nothing"，不做任何解释，反而对我旅行者的身份比较感兴趣，路上零星地问了我几个问题。我看他是条汉子，也就很耐心地把一路上回答了无数遍的问题又重新回答了一遍。

到了警察局后，第一层正对大门的楼梯一侧就是一个大牢房，因为光线不好，只能隐约看到里面已经有了一些人。这3个青年被关进去后还对我摇摇手打招呼，看来都是吃惯了牢饭的"老油条"了。

至于我，不知道是不是跟撞见这件事有关，被安排在警察局里的招待所。

我的手机没过多久就连同晚饭一起被送过来了，可是当我问起那几个青年时，警局的人非常不愉快地对我说："这跟你没有关系，还有，下次不许再拍摄了，否则我们会没收你的手机。"看来他们是真的很生气，我做了个怪相，耸耸肩，便不再说话了。

过了一夜，我又继续踏上了被押送的道路。8月27日，我被送到卡拉奇（Karāchi），交接给了江领事，江领事将我安排在了一家中国人开的旅馆中，并且明确告诉我：如果拿不出可接受的旅行方案，我就得在旅馆里待着。

卡拉奇位于巴基斯坦南部海岸，南濒临阿拉伯海，虽然是巴基斯坦最大的城市，却相当混乱，在这里骑行，人身安全没有十足的保障。

因此，无论是巴基斯坦警方还是中国领事馆，都不允许我一个人从卡拉奇向西骑行。

我的巴基斯坦骑行计划，看来是不得不画上句号了。随着巴基斯坦的签证时间即将到期，我只得接受这一事实，最终让家里买了飞往伊朗最南部阿巴斯港（Bandar 'Abbās）的机票，结束了巴基斯坦的骑行。

中华人民共和国

喀什
红其拉甫
若羌
兰州
伊斯兰堡
和田
西宁
伊朗
拉合尔
伊斯法罕
德拉加齐汗
巴基斯坦
阿巴斯港
卡拉奇

伊朗
安逸的日常

君子之交淡如水

9月3日，带着无奈和不甘飞离了巴基斯坦，抵达伊朗阿巴斯港。

刚出机舱一股热浪袭来，不愧是传说中的炎港阿巴斯，空气中只有一个"热"字在流动。办理完入境手续后，我找到了自己的打包行李，拖出来，直接在机场开始装车子，由于我不懂规矩，扳手在机场安检时被没收了，很多螺丝只能先用手和其他工具将就拧上去，勉强装好车便出发了。

出门又是一阵热浪，真是"热烈"欢迎啊。

初到异国，需要办两件大事：当地货币和当地手机卡。

新到一个国家，一般取钱就是找能用银联的取款机（上银联官网查哪个国家什么取款机可以用，或者直接查可以用银联通道的取款机的地址），然后直接去取钱。

由于伊朗受美国的经济制裁，他们国家的银行跟国外都不能联网，所以必须得携带美元入境兑换当地的货币。一般来说黑市的兑换汇率比机场的要划算很多，所以我习惯自己去找小贩兑换。但是由于多数伊朗人也不会讲英语，光是找一个能换钱的地方就花了我3个小时。

最终在市区的一个大商场里找到了一家兑换点，伊朗里亚尔和美元的汇率是30000：1，我用100美元换了300万里亚尔后，成了名副其实的百万富翁。

办当地的手机卡都要当地的身份证，外国人一般要找主营业厅才能开通。我嫌麻烦便请路边小店的伙计用他自己的身份证帮我开通。

因为在一些国家里外国人开通的手机卡通信费用会比当地人的要贵一些。

搞定了这两件"大事"后，我比照着在机场的时候画的一幅简陋的地图，向着伊朗第六大城市设拉子（Shīrāz）出发。

这几年伊朗连续受到联合国多次制裁，整个国家都相当封闭，但不得不说，越封闭的地方，对客人就越热情。我经过好几个村庄，本想讨些水，结果每次都被热情地招呼到便利店里，让我吃的喝的随便拿，当我掏出钱时，便利店老板都是死活不肯收。

伊朗这个国家本就地广人稀，而且人口大都集中在城市，除了城镇就是戈壁。连个躲太阳的地方都没有，而且，伊朗的公路上实在太热了，我骑得昏昏沉沉，状态很差。到第三天中午，我正有气无力地骑着，突然一辆卡车停在我前面，车上的人热情地要拉我。

他们比画着告诉我附近没有休息的地方，这样骑车可能会丢了性命，跟他们一起有饭吃！或许被吃的迷惑住了，我迷迷糊糊地就上了他们的车。

车上看起来像是祖孙三代，孙子在后面睡觉。爸爸开车，我和爷爷坐在副驾驶。他们都不会讲英语，也不怎么和我说话，只是偶尔指指窗外一些有趣的东西给我看。

一路上，大家都很沉默，奇怪的是这种沉默却没有丝毫尴尬的感觉，让我感觉非常自然。中途路过一个清真寺的时候，车子停了下来，我知道他们是要去做礼拜。我似乎理所当然地跟着他们进了清真寺，由于做礼拜之前要先清洁一遍全身，礼拜的礼仪也很容易令我进入冥想状态，对我来说是一种身心的整理，因此我还挺喜欢这种活动的。做完礼拜出来，又重新回到车上。整个过程他们既没有表现出丝毫惊讶，也没问任何问题，仿佛我们已经认识了很久，他们早已习惯了我的存在一样。

中午时，他们坚持让我一起用午餐。我以为会是什么特色的美食，结果一看，只是用布包起来的一厚叠薄饼和软包装的酸奶、奶油，就那么用饼蘸着奶油吃——感觉就是一顿家常饭，看来他们是真的没把我当外人啊。

在距离设拉子20公里外的一个小镇子，他们停下车来，示意我只能到这儿了，于是我下车，和这家人挥手告别——从头到尾，我们之间几乎没什么交谈，也没有任何礼节应酬，在一起仿佛是多年的老朋友一样自然。

这种如水般清淡的交际模式，实在让我这个并不热爱社交的人倍感轻松。

手机卡 "失窃" 风波

2013.9.7—9.8　设拉子—波斯波利斯

离开设拉子后，逐渐有高原的感觉了，天气越来越凉爽，即便到了中午也不再热得慌了。

生活也变得规律起来，上午骑车，中午找能充电的地方写日记、睡午觉，从下午骑到晚上，边走夜路边用手机看电子书，骑到累了，就随便在路边搭个帐篷，或者直接铺个防潮垫睡觉。

这里的葡萄很便宜而且很甜，非常可口。我路过市集的时候经常会被小贩叫下来，然后免费拿上几串走。伊朗人民对待旅行者确实不能更好了，完全像自己家人一样。

这儿的主食罗塔饼（Loti）也很便宜，随便搭什么都可以吃，也耐放。或者说在伊朗这种干燥的地方，风干后脆脆的口感更好。总之，适应、熟悉了一个国家后，生活会马上变得套路、安逸起来。我喜欢这种节奏，但是讨厌毫无变化。

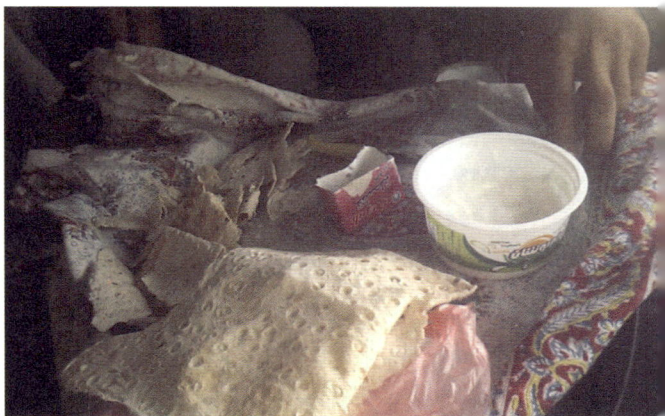

伊朗的Loti和酸奶奶油

离开一个不知名的县城，城外有个警察局设的关卡，路过的人需要在这里登记。因此周边有不少摊贩卖东西。

几个小青年热情地叫住了我，送了我几串葡萄，虽然都不会说英语，但是气氛很和谐。聊着聊着，他们拿起我的手机看，我并没有太在意，一个家伙打开了后盖要看生产地，然后开心地指着手机叫"chin, chin"（中东北非地区称中国为chin，有一种说法是"秦"的音译，也有说是音译自"契丹"）。

告别了这些年轻人，又骑了一小段路后我掏出手机准备边骑边看书，却发现手机内存卡没了！

肯定是刚才打开手机盖的时候丢的，于是赶忙骑回去找那伙小青年。

回到市集，我发现一个让我傻眼的情况：我脸盲症犯了，感觉这里的伊朗人似乎都长一个模样啊。好不容易找到一个小青年，那小青年笑着叽里呱啦地讲了一堆波斯语，我连蒙带猜地明白这是弄错人了，臊得我脸一阵红。

好不容易找到了之前的人，一通地比画让他们明白了我的意图，可是那两个家伙都说没拿。围观群众让我去找警察，毕竟警察局就在边上嘛。结果我去了关卡的办事处，可那里的警察也不会讲英语，而且态度很冷淡，问什么都说"no"，好像是管事的出去了。没办法，我准备再回去找那几个小青年，好好做做对方的工作，至少先让对方明白内存卡对我的重要程度。如果真的弄丢了，大家一起再找找，如果是哪个家伙鬼迷心窍收了起来，我也做好了多花钱买回来的心理准备。思路虽然清晰，但怎么表达这番意思却是个大问题。

此时的我心急如焚，毕竟电子书对我来说太重要了。离开警察办事处没多远，其中一个小青年过来找我，手中还高举着我的内存卡，嘴里说着我听不懂的波斯语，大概是在说："找到了，找到了！"

看那个家伙也是一脑门的汗，脸上却写满了开心。面对他的笑

容，我认为卡一定是不小心弄掉的。我忍不住拿了些钱给他，但张了半天嘴又说不出为什么给他，对方笑着摆了摆手，似乎只是做了他应该做的事。最后还是感谢了一通才离开。

没想到，事情都解决了，管事儿的警察却在这时候来了。在我转身离开的时候，一辆警车开了过来，摇下车窗探出一个快秃顶的脑袋，他用英语问我："是不是你遇到什么困难了，要找警察？"

终于遇到一个能正常用英语沟通的人，然而并没有什么用了。我只能一脸惆怅地说："事情已经解决了，谢谢警察同志关心。"那秃顶警官感觉十分莫名其妙，反复确认："真的没问题吗？确定解决了？"得到我反复保证"Yes，yes，真的已经解决了"后，才调转车头离去。

唉，今天可真是吃了语言不通的苦头了，也算是这段安逸的骑行路上一个小小的插曲吧。

离开这个集市后，又过了个隧道，在山坡下面发现一个足球场那么大的汽车服务区，其中各种店铺围绕着加油站。路过的司机都会停下来休息，非常热闹。我在一个店里边给手机充电，边写日记。附近的几个店老板都聚过来想跟我聊天，却只有一两个人能磕磕巴巴地讲几句英语。于是场面变成了大家提各种问题，让会英语的人翻译。

他们的问题里八成都是围绕着性的话题。像什么"我一路上的生理问题怎么解决"之类……

这里的开放真是出乎我的意料。

波斯人家一日游

2013.9.8—9.9　波斯波利斯—阿巴代

出门旅行，最重要的不是目的地，而是过程，是途中的风景和风情。所以每到一地，只要有机会我都会深入到当地人家，体验一下当地的日常生活、家常美食和民俗风情。而幸运的是，我也总能遇到这样的机会。

在去往阿巴代（Abādeh）的路上，我总觉得骑得很费劲，检查了一下，发现前一天修车时将车轴装歪了，一直挂着后刹车。正当我调整车轴时，开来了一辆很破旧的小汽车，车里下来一对父子，对我很感兴趣的样子。

他们都没问我是从哪来、干什么之类毫无创意的问题，而是一开口就很大方地邀请我去他们家吃饭。虽然我刚吃过饭，但还是想去他家里看看，于是便答应下来，让他们慢慢开车，我在汽车旁边骑边跟他们聊天。

这对父子俩距离感很差，也说不清离他们家有多远。看他们一路都很悠闲的样子，我想应该也没多远吧，结果一骑就是将近一个小时才到。

那是两个挨在一起的、用铁丝和木桩围起来的院子，很突兀地出现在了茫茫戈壁中。每个院子里各有一间水泥平房——小朋友说旁边那间是给动物住的。进了两室一厅的屋子，发现除了一个房间里有块地毯，连家具都没有。一个戴着头巾的中年妇女，出来和我打了个招呼就回了卧室。他的父亲也不怎么说话，一回家便坐在角落里开始抽水烟。我就只好跟小朋友聊天。

小朋友的英语实在很一般，对话也只能维持在"How are you?

2013年9月8日，烟雾缭绕的屋子里，我也来摆拍一下

Fine, thank you"的水平，聊了几句，我就问："这儿能充电吗？我的手机没电了。"小朋友听到这个脸上露出了羞涩的表情，用简单的英文词汇告诉我："刚搬来，我们，还没装修好，电，没有。"

我立刻露出了失落的表情。小朋友一看，赶紧拉了拉我的手："别急，邻居，家里有电。"

那就先去充个电吧，于是我拿出充电线，起身打算跟他们一起去邻居家，他父亲却微笑着拉住我，拿过我的手机和线，直接出了门。

听到外面传来汽车的引擎声，我才想起来，这附近都是戈壁，一路都没看到有邻居啊……真是让他们费心了，我心里有点儿惭愧。

小朋友倒是依然兴致勃勃，说要给我做点儿饭吃。说完，他不知从何处搬出一个酒精炉，用火柴点燃，然后炉子上加了一块A4纸大小的铁板。

我其实不饿，本意只是想感受一下"伊朗家庭料理"，但是看到酒精炉我就有种不妙的预感。

果然，只见小朋友打开了一个鱼肉罐头，把里面的肉放在铁板上加热。然后又拿了一包罗塔饼，再然后……就告诉我可以吃了。

空气中满是水果和薄荷的味道

　　我一脸尴尬，但是看着小朋友期待的目光，还是忍不住吃了几口，夸赞"好吃，好吃"，小朋友听了，开心得不得了。

　　吃完饭，正好他爸也回来了，还带了邻居家的一个大叔来看我。而小朋友拿出了他们的饭后娱乐道具——居然是……水烟。

　　很快，三种不同的烟雾开始弥散在这个小屋子里。

　　小朋友抽的水烟，柠檬味儿的晶体被塞在烧红的炭下面，烤热后产生的烟气通过水过滤后被吸入肺中，再喷出来的时候可以闻到清香绵柔的水果和薄荷的味道。

　　父亲吸的烟很简单，将一个小铁棍放在火上烤红，然后去烫另一根裹满黑色胶质的小棒，最后再通过纸卷吸进去。

　　邻家叔叔的烟具很是奇特，好像舞蛇人的笛子一样的30厘米长的黑管，前面是一个鹅蛋大小的黑色空心金属块。将槟榔味的胶状物塞在金属块的空洞中，然后用烤红的炭去烫那胶质。烫几下，吸

上一口。

这场景可不多见，尤其是小朋友吞云吐雾沉醉的样子俨然已经进入了"神仙"状态。他父亲指着水烟摆了摆手，对着自己的道具挑大指。小朋友给我解释说："他们用的是成年级的。"我问："什么叫成年级？"小朋友笑着将手从脖子上划过——发现了要杀头！

烟雾中大家动作似乎变迟钝了，我脑子也有些不清醒。开心地拿出手机说："你们来看，我这也有成年级的。"于是播放起手机里的成人电影来，房间里的气氛一下子都变了，他们红着眼睛如鹰一般盯住我的手机屏幕，身体如同要捕猎的猛兽般绷住了劲儿。他们一句话都不说，紧张的气氛让我感到呼吸困难。直到短片结束，我关机，大家才放松下来。他父亲微笑着冲我点点头，用大拇指从脖子上划过——的确是成年级的。

大概过了两个多小时，小朋友和他的父亲要去给家畜喂食，我也一同去参观。本以为他们养的家畜就是牛或者羊之类的。没想到是一

想起了《波斯王子》中的赛驼鸟

屋子的鸵鸟！真是充满了波斯风情啊。大概15只鸵鸟在教室大小的屋子里并不显得拥挤。喂过了饲料和水以后，父亲打开了门，鸵鸟们鱼贯而出，迈着大长腿围着院子尽情地奔跑，仿佛电影《波斯王子》中鸵鸟赛跑的场景。

喂完鸵鸟，我一看太阳西沉，不想错过凉爽的夜骑，便准备前往下一站阿巴代。

看到我要走，他们也没有执意挽留，只是小朋友的父亲突然掏了一把钞票塞给我，表示很高兴认识我，希望这些钱能帮助我走得更远。"走得更远……"我不禁喃喃地重复了一遍。曾几何时，我也是信奉着"吃人嘴软，拿人手短"的硬汉，但是大叔的这句话确实打动了我，加上最近在看《超越自由与尊严》，突然觉得这钱拿得真是理直气壮啊。我不光接过钱，还握住了大叔的双手，大叔你说得真是太好了，我必须支持你这种想法！

这是出发以来第一次收钱——折合人民币共7块8毛钱，数目虽然不大，但它对我来说更是一种知音的馈赠和纪念。

没用的好人和有用的"坏人"

2013.9.9—9.13　阿巴代—伊斯法罕

离开阿巴代的时候走了霉运——中午吃饭时，找不到人家甚至是阴凉的地方，而且附近都是荆棘类的植物。我想到一个桥下看看是否合适停下来休息一下，结果一不小心踩在了植物的硬刺上，两只鞋都被刺穿，脚掌出了血。简单处理了伤口，我也没心思找舒服的地方了，直接坐在了灼热的柏油路上，一边生闷气，一边吃着罗塔饼。

吃完饼，气也差不多消了，便继续骑行。快日落时，突然看到一个浑身脏兮兮的大叔坐在路边哇哇哭——看起来他似乎比我更倒霉。

自从进入伊朗后，我遇到了太多不可理喻的人和事，一个40多岁的中年大叔在马路边上哭得梨花带雨，我还真是第一次见到。

看到我过来，大叔嚎得更卖力了，挣扎着起身拦住我，不停地说着模糊不清的波斯语。这会儿我也看清楚状况了，大叔身上不是脏，是血污！尤其是左裤腿上，全是沾了泥巴的血渍。

不远处有一辆车头被撞坏的摩托车惨兮兮地躺在路基下。结合大叔连说带比画地哀号着拦住我，我终于明白这是撞车了。

我仔细查看了下大叔的伤口，确实挺吓人的，于是就建议他躺下来先把受伤的腿垫高。但是大叔却一副"我不听我不听"的样子，只顾着哼哼唧唧地让我帮他把车上的包捡回来，又让我帮他拿出根烟点上，他的手抖得厉害，夹着的烟半天塞不到嘴里去。

抽了会儿烟，大叔继续哭，我看他的手机也在包里，判断出他还没有叫救护车。于是又拿出手机示意他先联系医院比较好。这回大叔倒是很听话，拨通了急救电话，只是边打电话边哭，说了半天才把话说清楚。

无法将他一个人留下离开，但干坐在这儿又帮不上什么忙，正好这时一辆皮卡车开过，我赶紧拦了下来。

想不到皮卡上下来的司机也让我大开眼界。

这人大概30出头，穿着挂满闪亮饰品的紧身皮衣，带着蛤蟆镜，梳一个大背头，头上打的满是发蜡，油光锃亮的——像极了我国20世纪80年代的城镇无业时髦青年。

司机像走T台一样扭着屁股摇摆过来，戏谑地翻开大叔的衣服看伤口，还不时地开几句玩笑。大叔哭得更凄厉了，我完全没听出笑点来，只有司机自己被逗得挺开心。

除此之外司机啥都没干，在马路另一边坐了下来就开始抽烟，还时不时笑几声，也不知道在笑什么。

半个小时后救护车终于到了，两个医生检查了大叔的伤口，左大臂骨折，左脚后跟被刮开了大部分，只有五分之二的皮肉相连。医生清洗伤口的时候，那大叔自然又是一阵鬼哭狼嚎。而我再看着那洗去血浆后绽出的鲜肉一张一合时，只觉得胃中翻腾涌动。一阵头晕目眩，我直接瘫坐在地上才略有好转。

自己竟如此脆弱，大概是因为我从小到大没有受过什么严重的伤，没有过这类切肤之痛的缘故吧。

最后受伤的大叔被送上了救护车，皮卡司机则帮忙将摔坏的摩托车拉上，跟着救护车一起走了。只剩下我一个人坐在原地，呆呆地回味着刚才遇到的情况。

我这个从一开始就热心帮忙的好人倒不如那个只会嘲笑别人的"坏人"有用呢！

夜遇红十字

伊斯法罕是伊朗最古老的城市之一，早在公元前7世纪米底王国时期就已存在，历经米底人、波斯人、希腊人、阿拉伯人、蒙古人多次征服而屹立不倒，留下了无数名胜古迹，著名的伊玛姆广场和伊玛目清真寺便坐落于此。但是比起精美的建筑，古迹前和小贩砍价的游客、带着孩子野餐的家庭、靠得很近却不敢牵手的情侣，这些人的喜怒哀乐更令我觉得有趣。

从伊斯法罕出来，天气依然炎热，我也就依然保持了睡到太阳落山才出发的习惯。夜里边看电子书边骑车，感受凉风习习，简直成了我旅行中最爱的时刻。

离开伊斯法罕的第二天夜里，骑在路上时发现车胎扎了，我也懒得找手电，于是在一片漆黑中盲补。凭借印象将车后轮摘下，扯出内胎。再打上气后将内胎贴在耳边，通过声音和气流判断被扎的位置。夜里非常安静，反而比白天更容易听到孔洞的位置。这次运气很差，扎在了上一次补胎的地方，又要摘掉上次的补胎片重新贴。如果是白天的话，会觉得烦躁郁闷加焦虑。但是夜里嘛，只觉得有的是时间，慢慢来就好了，即便是补胎都觉得惬意。

补好车胎，又骑到快10点，看到一栋小别墅式的建筑，走近发现是伊朗红十字会的一个救助站。红十字会很常见，令我惊讶的是这么一个小基地竟然还配有1架直升机，3辆救护车。

本来我只是想给手机充个电，没想到工作人员非常热情地邀请我住在救助站里，毕竟床多。他们还不断地从冰箱里拿各种水果、饮料

红十字会专机

给我。一个老大爷认真地跟我说，如果你有任何需要，我们都会尽全力去帮助你。

这栋小别墅内，有三分之一的地方是医疗室，里面放着看起来就很高级的仪器，还有三分之一的房间是宿舍，另外三分之一的地方是摆放了一些运动器械的康复区。这里除了两位资历比较老的医生外，都是年轻人，看着他们朝气蓬勃的样子想必日子过得一定健康又舒心。

我边吃水果边和工作人员聊天，一位老医生握着我的手反复地让我答应他不可以走夜路。我只能反复地告诉他："大叔，我既不想骗你，也不能答应你。走夜路对我很重要，也很安逸。"

那天我睡得特别沉，一觉睡到大下午。起来吃了晚饭，近距离地观摩了一下直升机后，便不顾劝阻再一次踏上了夜骑的征程。出发

前，那位一直劝说我放弃夜骑的老医生给了我一件红十字会的马甲，说希望他们的精神可以传遍世界。我立刻拿来穿在身上，老医生脸上露出了十分开心的笑容。

依然是夜里上路，舒心，快活。依然边看电子书边走。大概8点多，在路边看到一个卖石榴的摊贩，靠着皮卡车的一个小篷子上挂着几个高瓦数的大灯泡，由一台柴油发电机提供能源。我正好也想休息一下，便坐在他的边上，边充电边看电子书。

这大叔见到我很高兴，还特地用炉子焖了一锅土豆，拿出布包着的罗塔饼，邀请我和他一起吃。作料虽然只有盐，但是味道却出乎意

伊朗红十字会的一个救助站

料的好。

也许是意境吧，在戈壁中的公路边，和一个素未谋面的、甚至无法用语言交流的大叔，望着远方的星辰共进晚餐。彼此并不交谈，只能听到发动机的运作声，感到的是清凉的夜风和对方满满的善意。

补充过能量后就是不一样，夜里走了50多公里，在12点左右总算到了距离什叶派圣地库姆（Qom）不远的城市舒拉卜（Shūr Āb）。

进城就看到一间工坊的门卫亮着灯，便请求给手机充电。门卫是个胖子，英语还不错，非常热情地邀请我住在他们的院子里。另一个门卫是个残疾人，对我也是非常照顾。

说起来，在伊朗会看到很多的残疾人在不同的岗位上工作。他们并不特意遮掩自己的残疾，反而能看到周围人对他们投以敬佩的目光。这也是我在其他国家没怎么遇到过的，不知道是不是和30年前那场惨烈的两伊战争有关。

丐帮驻伊朗分舵长老

2013.9.22—9.24　库姆—德黑兰

9月23日深夜，从库姆到德黑兰（Tehrān）的路上，我断粮了。当时饿得前胸贴后背，几乎晕倒在路边，最后不得不靠沿路"乞讨"才算撑过一劫。

而这一切都怪库姆的大肉串。

9月22日抵达库姆后，我照例找了一个公园的停车场睡午觉。突然有两个人叫我，我一看，这两位在停车场里拉开摊子烤肉，喊我一起吃呢。

伊朗的烤肉分外豪迈，一根签子就有30厘米长，那大肉块烤出来别提多香了。那两人非常照顾我，不停地让我吃。他们自己都没有吃多少。到最后我简直不敢相信，我们3个人居然干掉了10多斤肉，这次的烤肉完全可以列入我的最痛快的旅行体验之一了——当然，随后的胃动力不足同样困扰了我好几个小时。

填饱了肚子，正好日落西山，又到了夜骑的好时候。我离开库姆向德黑兰进发。此时我肚皮浑圆，完全忘了筹备路上的干粮。

出库姆的路不仅缓上坡，而且逆风很强，此刻我的全部血液都集中在胃部消化着烤肉，实在有些骑不动了，因此没过一会儿便坐在路边开始看电子书。直到感觉冷了，再骑上车踩几圈。如此往复。

终于，到凌晨4点多，又累、又冷、又饿，不想再走，便在路边放下帐篷，迷迷糊糊睡着了，直到太阳出来后的高温让我不得不再度出发。

不到3公里外就看到有个加油站，加油站有插座，可以充电。于是便将3块手机电池都充了起来，随便嘱咐了一位加油站的工人帮忙看着，自己便躺在站外的长椅上补觉。

这一觉，睡到下午太阳偏西，我被西晒热醒，不得不起床，然后又去附近的清真寺里接着睡。不知为啥这天我感觉非常困，可能是消化库姆大肉串消耗我太多精力了。

直到太阳落山我才算睡饱，于是返回加油站取手机。

然而却接到一个惊天噩耗：插在插座上的充电器连同手机电池，都不见了！而当初嘱咐帮忙照看的工人也下班了，根本找不到人。

没了电池就看不了电子书，我的世界一下子就失去了颜色，变成黑白的了。我懊恼地满地踢石子儿，后悔不应该贪图一点儿电量而担这么大的风险。

"要不今天睡在加油站，等到明天那个工人上班时再问问他？"我心头盘算着，拿不定主意，这时一个貌似经理的人路过，我便随口一句："你见过我的充电器吗？昨晚搁那儿充电来着。"

其实我对此毫不抱希望，想不到那经理听了，一拍我肩膀："原来那是你留下的呀……"原来昨晚，这家伙怕充电器放在外面不安全，偷偷地帮我收起来了！

好一场虚惊！我千恩万谢，抱着失而复得的电池离开了这片"惊魂之地"。

因为耽误了太多时间，便想要多骑一些。努力骑出几十公里，才意识到我忽略了一个重要的问题：我已经没有一点儿食物了。

在伊朗经常遇到好心人，因此平时不会带超过两天的食物，在加油站因为怕丢了电池，导致心神不宁，忘了买吃的；而在库姆因为大肉串吃得太饱，同样忘记了储备食物。

天渐渐黑了下来，肚子也饿了。白天就没吃什么东西。现在附近也没有人家，更不知道下一个城镇有多远。我觉得愈发饥饿难耐了。

颓颓地感觉自己都骑不动车子了，干脆下来推着走。想着，只

有当我忍受不了这龟速时，就会调起生命的力量一口气直冲下一个城市。可惜事实是越推越没劲儿……

正在我茫然之际，一辆汽车停在了我面前，一个戴眼镜的男子下来和我打着招呼。尚不等他说出第二句话时，我已经开始迫不及待地问："有吃的没？"

这年头很少有直接要饭的乞丐了——即使是在伊朗这种国家也很少见。那眼镜男子明显愣了愣，但还是认真地去车里找了半天，最后惭愧地告诉我，他只有一个刚咬过两口的三明治——他懊恼地反复责怪自己，说他要是没被咬两口的话，这三明治就能体面地送给我了。我可不在乎，接过来三两下就塞到肚子里了。

见我吃完了还一副饿得眼睛发绿的样子，眼镜男子说，他可以直接送我到德黑兰，去他家大吃一顿。我觉得饥饿更多的是心理作用，对身体没有太多影响，还无法作为认输的理由去搭车。见没法说服我，眼镜男子最终放弃，只是留给我他的电话号码，说如果遇到困难可以打电话给他。这个对于旅行者来说的确是一种心灵上的帮助，即便最终不会用到这串电话，也会觉得十分安心。

他刚走，又一辆敞篷车停了下来，一个小伙子带着两个浓妆艳抹的姑娘，他们对我表示出极大的好奇，然后我向他们讨要了两串葡萄和两个烧饼——我感觉自己伸手要饭的技能上涨飞快，看着我自行车上的三个大驮包，自我解嘲地想：我这算是丐帮驻伊朗分舵的"三袋长老"了……

就这样，一路被搭讪、伸手要饭、吃着百家饭，我终于翻过了山脊。随后一路的下坡，德黑兰已经很近了。

伊朗月儿圆

2013.9.24—10.1 德黑兰—亚的斯亚贝巴（埃塞俄比亚）

9月24日，清早，远远望到了厄尔布尔士山脉脚下的德黑兰——伊朗首都，西亚最大的城市之一，我在伊朗的最终目的地。

远看起来这座城市没有想象的大。直到太阳落山，城中的灯光点亮，才看到一个气派的山城。我感到肚子里很饿，但一路上都看不到卖食物的小贩，宽阔的车道上只有川流不息的汽车。

因为办签证，我在德黑兰又耽搁了一个礼拜。这期间到处走走逛逛，日子倒也过得安逸。

在一个公园里，很多花白头发的大爷在聚会，其中一个热情地招呼我和他们一起喝茶吃早餐。他们说这里是个艺术家公园，经常有名人来聚会，然后又介绍了几个伊朗的"大人物"，可惜我对这些完全没兴趣，便问他市内有什么有趣的地方。

这大爷一听我的问题，顿时双眼放光，得意地从口袋中拿出了一份德黑兰城市地图，然后对照着地图，耐心地给我讲述那些见证了德黑兰历史的古迹遗址与值得游览的奢华建筑。这份地图有些泛黄，折线上纵横着固定的胶带，可见有些年头了。大爷小心地收折了起来，并郑重地递交给我，对我说："我今天不知道为什么带着这份地图，但一定是为了送给你"。

感谢这份地图，我发现德黑兰可去的地方还蛮多的，从夏宫到各种博物馆、艺术馆，把波斯文明数千年积淀的文化成果溜达了一遍。

在大名鼎鼎的珍宝馆中参观各种闪闪发亮的黄金、珠宝、翡翠、钻石、红绿蓝宝石，镇馆之宝是由各种彩色宝石镶嵌的一人高的地球仪，令我失望的是这个地球仪只能勉强看出大陆的形状，是我见过的

最丑的地球仪。珍宝馆里人不是很多，超过四分之一都是中国人——头一次在伊朗看到如此密集的中国人集群，我甚至怀疑是不是全德黑兰的中国同胞都来了。

逛了半天，我遇到一位独自旅行的大哥，姓孙，据说快要将全世界转个遍了。他主动邀请我一起吃饭，路上又遇到了一个单独活动的中国女孩，也加入了我们，那女孩看着很年轻，一问竟然比我还大4岁。看惯了外国人，反而不习惯国人年轻的脸了。

饭后分别前，她送了我几块月饼。虽然中秋已经过去几天了，但收到这满含故乡元素的礼物依旧令我非常开心。我没舍得吃掉月饼，将它们当作了护身符塞在包里。抬头看天，伊朗的月亮，也是圆的。

不知乘月几人归，落月摇情满江树。

不知出于何种心理，这月饼我并没有立刻吃掉，一直留到了10月1日。这天是中国国庆节，也是我离开伊朗的日子。我在公园的草坪上扎帐篷，一觉睡到11点，正准备走的时候，突然来了一位气场十足的大叔，背着一个手缝帆布包，身上缠着各种布条和饰品，挂着一根超有时代科幻感的拐杖。他大概有一米八，脸瘦长，身上的服饰混搭，光看那用彩绳扎起来的一双牛皮护腕，便觉得霸气。

气场大叔见到我很高兴，一定要为我准备午餐，让我等他。过了一会儿，他将餐具（包括一次性塑料杯、勺子和"8"字形餐盘）拿到草坪上，认真地用开水将它们逐一烫了一遍。食物其实很少，但是看起来非常用心。撕开几块冰冻的馕作为主食，一盘撒满了绿茶粉末的炒鸡蛋作为主菜，配以生洋葱、苹果和橘子等各种看起来并不新鲜的果蔬，以及各种不成套的小瓶子装的奇怪调料。这么几样东西就令他不停地倒腾餐盘，看起来很忙活的样子——只是最后做出来的味道，实在有些对不起这复杂的工艺流程。

气场大叔自称旅行过伊朗附近的很多国家，能讲很多种语言。虽

我和气场大叔的草坪午餐

然他的英语很烂，但是完全不影响我们聊天的热烈气氛。在享用他精心准备的大餐时，我也拿出之前中国女孩送我的月饼，告诉他这是中国中秋节的传统食物。

为了加深气场大叔的印象，我又大讲了一番月饼丰富的馅料以及背后的中秋节的传说——从后羿射日讲到嫦娥奔月。

气场大叔沉静地听着故事，慢慢地用小刀将一块月饼切成4份，恭敬地托起一块放在嘴里，歪着脑袋眯着眼，边哼哼边赞美月饼的味道。然后小心翼翼地将剩下的3块用手帕包了起来，开心地表示要拿回去给妈妈尝尝。

饭后和大叔道别，我骑上了通向机场的路。

即将离开德黑兰，离开伊朗，心中十分不舍。看手机上话费还有3块多，便给家里打了个电话。接通的一瞬间感觉有点儿顺利得不真实，貌似这是出门半年第一次和家里电话联系。打电话和网上聊天没什么区别，只是简单地汇报了一下经济状况和下一步的打算。

苏丹

贡德尔　亚的斯亚贝巴
埃塞俄比亚
莫亚莱

肯尼亚
尼亚胡鲁鲁

恩索马　达累斯萨拉姆
坦桑尼亚
伊索卡　通杜马

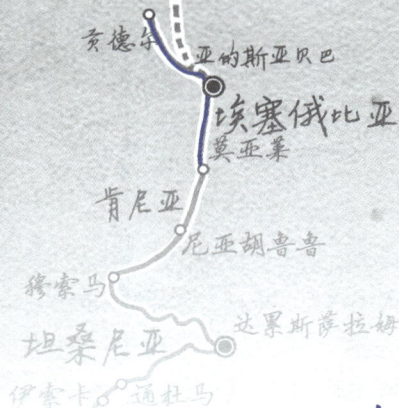

埃塞俄比亚
当苦难接踵而至

梦幻非洲的第一站很不梦幻

2013.10.1—10.2　亚的斯亚贝巴

非洲，我终于来到了非洲。孕育了人类祖先的土地，这片梦幻的大陆。

这是我坐在飞机上的小矫情感慨，然而下飞机后，立刻被无情的现实击碎。

10月2日下午3点，飞机降落在埃塞俄比亚的首都亚的斯亚贝巴（Addis Abeba）机场。办理落地签时，眼见排在我前面的人都顺利地获得了签证，但是轮到我时，一个巧克力肤色、26～28岁的年轻女签证官将我夹着签证费的护照来回翻了很多遍，然后塞到了一旁，让我去队尾等着。虽然不是第一次办落地签，我心里也没底，毕竟曾在泰国因为落地签被搞得心力交瘁，于是弱弱地问了句为什么，对方瞟了我一眼，淡淡地重复了一遍"去后面等着"。

"嗡嗡"的飞机声不断，办理签证的乘客络绎不绝，真正轮到队尾的时候，我已经等了3个多小时了，签证官也已经换成一位瘦高的30岁左右的光头男，他看过我的护照后，告诉我说："你过往的签证记录有疑点，这种情况得等领导做决定，但是领导还在开会，你得继续等着。"

约莫又等了半个多小时，几个穿着制服、脸上油光锃亮的胖子从落地签窗口后面的办公室里走了出来，和我聊天的签证官赶紧拿着我的护照去向一位正在吃着三明治的矮胖子询问如何处理。那个胖子把三明治叼在嘴上，用沾满油的手随意翻了翻我的护照，嘴里呜噜呜噜地说了几句，又将护照丢给了签证官，摆摆手就走了——至今我的护照还留有油污的指印。

那光头签证官回到办理窗口，微笑着告诉我签证的申请通过了。我也很开心啊，但是我也很奇怪："通过了你就赶紧给我办啊！"光头的回答吓了我一跳："你得给我签证费啊！"

"已经给你们啦！我钱就夹在护照里的。"

他翻开护照看了看，"没有啊。"

"要不你问问之前那个女签证官，她一定知道的。"

"她去吃饭了，要不等她回来再说吧。"

"你给她打个电话嘛。"

"不行，这种问题必须当面说。"

……

于是又是一个小时，那位女签证官总算回来了。可是当她听明白了原委后却一口咬定没收到钱。无论我怎样提示她，那姐姐只是冷漠地摇头说"No"。对方不承认我还能有什么办法呢？当我心灰意冷地准备补上新的签证费时，意外地发现那两位签证官之间竟然起了争执。结果，我要重新支付签证费的要求竟然都被他们一致拒绝了。那女签证官再次对我发出了熟悉的命令：坐在那边等着！然后又找了另外两名工作人员开始查起账来。莫非真的会有转机？于是无奈中又抱着一点儿期望地坐在一旁翻手机，研究市区地图。

玻璃窗外的天已经完全黑下来的时候，他们叫我过去，那女签证官毫无表情地将20美元找给了我，连一句解释都没有。然后我又呆呆地将钱递给那光头签证官，才拿到了签证。

直到出了门，组装自行车的时候，我的脑子里还在想：是真的弄错了？还是故意贪污？

无论如何，我还是顺利拿到了签证，虽然过程令人抓狂，然而，这还只是开始。

离开了机场，真正踏上了这片梦中的非洲大陆。亚的斯亚贝巴不亚于印度城市的喧嚣繁杂，狭窄拥挤的道路上尘土飞扬，街边尽是衣着陈旧的行人在悠闲地散步。我掏出手机看了下时间，已经是晚上10点钟。照理说应该是找地方休息的时间了，但是初到非洲的我非常兴奋，还是希望在城市里多逛一逛。

埃塞俄比亚主要使用阿姆哈拉语，但是英语同样很普及，街上的店铺、招牌大都有英文书写，比起伊朗满眼的波斯语要舒服多了。我边走边看着路边的店铺橱窗里的商品，却没注意迎面走过来几个年轻人，直到其中一个撞了我一下，我才回过神来。

那个家伙嘴里说着"Sorry"就过去了。我觉得不太对劲，一拍口袋：我的天哪，手机被偷了！当时什么都没有想，转过身甩下车子就去追人，几个小青年怪叫着一哄而散，并以令我望尘莫及的速度各自冲进了人群或巷子中。

这时我才真正认识到这个事实：最重要的手机丢了。

这部手机价格大概是我一个月的工资，是临出发时，一个很久没联系的高中同学送给我的，那时他只是说多拍些照片给我们看看。在巴基斯坦、伊朗的时候，我用这部手机拍了很多照片，现在它们……一并被偷跑了。没能保护好寄托着朋友期望的手机，远比丢了钱更令我难过。而且因为每天都会花很多时间看电子书，失去了阅读电子书的工具对我来说是个更大的打击。

我沮丧地往回走，发现车子旁已经围了一圈的人，他们七嘴八舌地问我出了什么事，听说我丢了东西，纷纷摇头说找不回来。

当地人都说找不回来，那就一定是找不回来了。我的手机，我的照片，我的电子书，就这么永别了。

然而，这依然只是开端，我一连串苦难经历的序章。

"非洲李逵"的暴脾气

一连串的打击令我心情非常不美丽。所以围观我的人们问到我晚上住哪家旅馆的时候，我生气地回答说："手机都丢了，哪里还有心思住旅馆！"当时我是真的产生了一辈子都不想再花钱的奇怪念头。

仿佛没注意到我的失落，几个服饰混搭如犀利哥的人马上开心地邀请我和他们一起住。而我只觉得一切都索然无味，也不在乎他们要把我带到哪儿去，就失魂落魄地跟上了他们。

原来这几个大叔就住在这个公路桥下的人行道上，因为公路桥能遮风挡雨，附近的流浪汉都聚集在这里，得有十来个人身上裹着各式的单子挤在一起。众人看到我的到来都很欢迎，腾出了一块地方供我休息。这些人虽然一无所有，但是他们的热情还是让我感到很温暖，长久以来保持的警惕心也疲倦了，只想停下来好好睡个觉。我连帐篷都懒得搭，铺了一块塑料布和防潮垫，盖着睡袋，挤在他们中间就准备休息了。

谁知道，我躺下后大家纷纷起床前来围观我，而且随着时间推移，围观的人群越聚越多，现场已经无法控制！这是我经历的最惨烈的一次围观，甚至引来了警察！警察也不理我，只顾着维持秩序，眼见就要维持不住了，居然拿出对讲机，看上去在请求支援！

人群中有一个口齿不清、神志不明的年轻人对我表现出了极大的兴趣与好感。动不动就拍拍我肩膀，伸出拳头对着我，当我像拳击手一样握拳与他一碰，便马上开心地猛击自己的胸膛，好像我们已经成为哥们儿一样。

我靠着墙半躺在睡袋中，看着他那么开心，心情似乎也好了一些。虽然他的举止明显不正常，但我还是挺喜欢他。

没多久，"增援"来了，从一辆警车下来了几个警察，驱散了人群，唯独他不走。于是一位警察麻利地对着他的脑袋就是一巴掌，又一脚踹在屁股上，直接给他蹬飞了出去。

谁知道即便这样，他仍不走，夹在我和警察中间晃荡着，嘴里不知道嘟囔着什么，看起来像是要保护我。几个警察忍不住，过去围着他又是一顿打，其中一个动了火气，还把皮带抽了出来。

我很想劝一劝，又不知道从何说起。警灯闪烁得很刺眼，四周全是警用对讲机的嘈杂声音，一个黑熊一般魁梧的警察走到了我的身边，扬着长满连毛胡子的头对躺着的我用生硬的英语喊："收拾你的东西，跟我们走。"

他的态度令我感到异常烦躁，我问他："为什么？"这厮竟然一把将我从地上薅起来，简直像《水浒传》里的"黑旋风"李逵一样，恨不得贴着我的脸怒吼："这是命令！"这非洲"李逵"身上的霸气吹得我都快睁不开眼了。

随后，我的行李、单车都被塞进了警车，我也无奈地被赶了进去——没想到第一天到非洲就进了警车，待遇和在巴基斯坦相同，但是警察的态度完全不一样啊。

然而，这依然只是个开始。

没多久就到了警察局，我被非洲"李逵"带进了警长办公室。一位看似面善的长官轻轻地对我说了"请坐"，我一时没有反应过来，非洲"李逵"大吼一声："长官叫你坐着！"然后一把给我按在了椅子上。

长官对我倒是很客气，一开始只是问我为什么和流浪汉睡在一起和我的经济能力如何等问题。查过护照后，便严肃盘问起我旅行的路线以及很多细节。要命的是我的英文不好，加上长官发音问题，很多

词我都听不懂。单方面的问询似乎并不顺畅，不断提问整得我眼睛都快睁不开了。最终我提出太困了要睡觉的请求。长官似乎对于如何安置我也有些头痛，于是我又提出了没有地方的话我可以睡自己帐篷的建议，得到了批准。

我疲惫地被押出办公室，也懒得找地方，挨着墙根儿就支起了帐篷。别的行李也没有从自行车上摘下来，拿着睡觉的家伙，钻进了帐篷，盖着睡袋就闭上了眼。

这一切都是梦吧，一觉醒来或许还在飞机上呢，我这样想着，很快就迷迷糊糊睡着了。

还没完呢。

没过一会儿，我便被吵醒，非洲"李逵"在外面不耐烦地晃着我的帐篷，"出来，这是命令！"

钻出了帐篷一看，果然是"黑旋风"。他拉了把椅子过来，命令我坐下。然后站在旁边，面无表情地盯着前方的夜幕沉默着，像是看不见我一般，不回答我的任何问题，令我恼火又没办法。夜里很冷，我想从行李里拿件外套出来。刚一站起来，就被他一把按了下去，大叫着："长官没让你站起来！"

半个小时后来了一位穿西装的长官，再次将我带进了警长办公室。西装长官态度也很好，仔细地看着我的护照，反复问我旅行的时间、地点、目的地等细节，然后对非洲"李逵"用当地语言做出了细致的安排，然后他就告辞离开了。

再一次，我被非洲"李逵"命令着回帐篷睡觉。

这时候天都快亮了，我的脑子里已经是一团糨糊，身体和精神的双重折磨让我感觉快撑不下去了，我瘫倒在防潮垫上，发誓就算非洲"孙二娘"来了，要拿我做人肉包子，我也绝不再起床了。

谍影重重：我是"摩萨德"

2013.10.3—10.4 亚的斯亚贝巴

可怜我在非洲的第二天，就被软禁在了警察局里。

我在警局院子里找了一位对我比较和善的警察聊天，一问才知道，我的事情局里的人全都知道了。我会被怀疑是综合了几点原因：一是我的护照很破而且有巴基斯坦、越南等特殊国家的签证记录（其中一个警察还问我越南的战争结束了没）；二是说我长得不像中国人，有伪造或者冒用护照的嫌疑；三是昨日发现我的时候，我正和流浪汉混在一起，这个行为令他们感到无法理解。

因此他们怀疑我是带着特殊任务的恐怖分子或者是情报人员。

跟我说完这些，和善警察拍着我的肩膀："我相信，你不是恐怖分子……"这句话让我升起了知交之感，我眼泪差点儿掉下来！

"……你不是恐怖分子，你是'摩萨德（Mossad）'。"和善警察眯起眼睛，信誓旦旦地说。

……

摩萨德——以色列情报和特殊使命局，与CIA（美国中央情报局）、KGB（克格勃，全称"苏联部长会议国家安全委员会"）、MI6（英国陆军情报六局）并列的顶级情报机构，拥有全世界最恐怖的特工和杀手。

得知我的这一"身份"，我感觉自己走路都带背景音乐了，差点儿脱口而出："马丁尼，摇匀不要搅拌。"

天黑的时候，我被移交到更高一级的警察局继续接受调查。于是，在非洲"李逵"的护送下，我总算是出了警察局的大门——虽然

目标是另一家警察局。

非洲"李逵"一路不吭声，像个职业特工一样时刻紧张地观察着街景，全身肌肉紧绷，蓄势待发，随时准备应对未知的危险。

我心里暗暗发笑：这要是在电影里，我才是职业特工，男主角——就你这傻模傻样的小反派，一般活不过10分钟。

走了大概半个小时，到了一片像是军营的地方。接收我的新长官给我安排了住宿。

跟着一位穿迷彩服的特警左拐右拐地进入了一片像宿舍区的地方后，特警让我将车子连行李一起推进一间小屋中。我心里还想：哎呀，这车轮胎上全是泥，给屋子整脏了多不好意思啊。

这善良的想法很快让现实击碎了，当我在墙上摸索电灯开关的时候，接着就听见"咣当"一声，门从外面被锁上了，屋中一片漆黑。

这是牢房吧！

这就是"摩萨德特工"的待遇吗？经过这两天的折腾，我已经没了脾气，也懒得争辩，苦笑着在屋子正中间扫出了一块稍微干净些的地方，关掉了手电——睡觉。

第二天起来后感觉精神饱满，却发现门还锁着，"咣咣咣"地砸了10分钟，一个光着膀子的警察打着哈欠给我开了门，我这才看见，原来外面仍是漆黑一片。警察问我要干啥，一句话问得我不知怎么回答，只能傻傻地问：

"为什么把我关起来？"

"你是犯人。"

"我要给中国使馆打电话！"

"哦。"

"……我要见你们长官！"

"哦，长官要8点才来。"

说完话，警察又不耐烦地把我关进了黑暗中。我心中很烦闷，拆下了车上的码表，不停地看时间。终于到了8点，我继续砸门，砸到手都疼，外面还是没一点儿反应。再待到9点半的时候，实在忍不下去了，玩儿了命地砸门。砸了10来分钟，总算有人开了门。但是守门的警察只说让我回去等着。我问他要等多久，对方告诉我要两个小时！

　　明明说好了8点，怎么能这样随便。我很愤怒，非要见长官，和守门人大吵起来。慢慢地，人们从对面的宿舍里鱼贯而出，至少40号人站在门外围观我。我真难以相信，这么多的人是怎么塞进那么几间小屋子里的？然后有通情达理之辈来劝我："警长出去吃饭了，一会儿就回来。"

　　"要多久？"

　　"4个小时。"

　　"……"

　　我真感觉自己要爆炸了，此时此刻我好希望自己真的是摩萨德杀手，平端着加特林杀出一条血路。

　　又等了半个多小时，门终于打开了。但是长官最终还是没来，两位警员让我连车一起推着走，说要带我去最高级别的警察总部去。外面已经下起了大雨，我也没了折腾的劲头，听话地钻进了一辆警车。

　　警察总部是一座简洁又现代化的写字楼，反而给人感觉毫无特点。到了这种现代化的地方，让我心中很是踏实，带我来的两位警员看起来非常拘束。楼内的装饰很少，显得很空旷。

　　之后，从肩章上两杠一星到两杠带花的长官挨个对我问询，越是高级的长官，对我的态度越客气。听说我之前的"特殊待遇"，还露出惊讶的表情。

　　终于，在经过一个小时如同聊天般轻松的对话后，我洗脱了嫌疑。最高长官拍着我的肩膀说，我们从未见过你这样的旅行者，因此

很难理解你的目的。我们履行自己的职责保护你和国家的安全，你同样也要对自己的安全负责，对自己的家庭负责。我们可以带你去找中国人的营地，或许你能够在那里寻求帮助。但是绝不可以再睡街头了，否则我们不得不将你当作犯人抓起来。

走出警察总部大楼，外面已是雨过天晴。警员护送着我，走出不远就看到了一处浩大的工地上拉着巨幅的红布，上面贴着汉字的标语——中铁集团的埃塞俄比亚轻轨项目。

漫长的黑夜终于结束了。

莫非这就是东非大裂谷

2013.10.5—10.8　亚的斯亚贝巴—东非大裂谷

　　离开中国营地，我打算先向北穿越东非大裂谷，去北部城市的贡德尔（Gonder）转一圈——虽然我的最终目的地在南边，然而签证日期宽裕就是这么任性。

　　10月的北京正是凉爽舒服的季节，这里则是雨季的尾巴。

　　骑行在群山间，不断地重复着上坡和下坡。近处是疯长的草丛、灌木、稀疏的丛林，远处是裹在云层里的山。仿佛前一秒钟还一览无余的蓝天，说话间就会下起暴雨。再赶上下坡车速快，豆大的雨滴砸在脸上，疼先不说，眼睛都很难睁开，埃塞俄比亚地处高原，一旦下雨气温便会降低很多。若是停下来会觉得非常冷，因此每当下雨时反而骑得比平时更快。也只有遇到了小茶馆，才会停下来，要一杯加满了糖的热茶暖暖身子。

　　暴雨过后，天空像撕开一道口子，阳光肆无忌惮地照射，烤得泥泞的路水汽蒸腾，整个大地越来越烫，路面就好像一块被烤得软趴趴的白薯。当我湿透的衣服渐渐失去水分的时候，新一轮暴雨又来了……不过说心里话，和单调的暴晒或者持续降雨相比，这样周而复始、规律更替的天气，我反而更喜欢。

　　在漫长的骑行中，我逐渐适应了这样的天气。看着当地人裹着块布、光着脚就欢乐地出门、劳作或是骑车，像生长在这里的野生动物一样，自由自在，自己也想试试光脚骑车。于是，我衬衫加短裤、拖鞋的组合，变成了光脚！虽然这样骑车脚使不上劲儿，过不多久脚底就会很疼，但还是希望能多锻炼自己，达到当地人的程度。

　　渐渐地，山路陡了起来，我知道我已经进入了传说中的东非大

裂谷。

东非大裂谷是世界大陆上最大的断裂带，从卫星照片上看去犹如一道巨大的伤疤，因此被称为"地球的伤痕"。我这天所要穿越的是大裂谷的东支，这条分支南起希雷河河口，经马拉维湖，向北纵贯东非高原中部和埃塞俄比亚高原中部，直达红海北端，全长约5800公里，谷宽可达200公里，深度则达到1000～2000米。

大裂谷的巨大超出了我所能想象的极限，骑了大半天，我居然还在裂谷边缘。快日落时，我路过一家便利店，便进去借宿。便利店大叔犹豫了一会儿同意了，带我去了他家。

他家很穷，一个茅草屋，一间牲口棚，两头牛，就再没别的了。不过我一个旅人有什么好嫌弃的？当晚我就在房间一角铺上睡袋、防潮垫睡下来了。他家孩子睡在房间的另一个角落，大叔的媳妇儿不知道在做什么，一直在屋里烧东西，烧得满屋子都是烟。

当晚我睡得很饱，天不亮就醒了，摸着黑收拾东西。

就在我快出门时，大叔突然开始跟我说要钱。我当然是拒绝的，我跟大叔讲，我很感激您同意我借宿，但是我并不准备在住宿上花钱。说着，我把昨天吃剩的面包拿给了他，就当抵房钱了。大叔一手接过面包，然而还是跟我要钱。于是又拿了两块在伊朗得到却舍不得吃的巧克力给孩子拿上，依然拒绝付钱——钱是原则问题，不能妥协。

到最后大叔也没要到钱，我走的时候，大叔一直跟我到大路上，用幽怨的眼神送我离开。

从大叔家出来，便是一道漫长的上坡。费尽力气一路蹬到顶，眼望四周，发现自己终于到了这一片最高的垭口，从这里看向远方的群山如山丘般矮小，大裂谷中云雾缭绕、深不见底，这壮丽的画面并没有令我感到激动，反而开始皱起眉来，隐约看到下山的路比想象中更陡。要穿过这大裂谷，无论是下去，还是爬到对面，都将是一个艰难的考验。

　　果然，下山的路很陡，身边过的大货车上满是因刹车过度而散发的焦煳味道。下降到后半段，公路竟然呈小波浪形。

　　要命的是，从第三天开始，我的身体状态变得越来越差，稍微陡些的坡都骑不动，很多地方甚至推几步就得捏住刹车休息一会儿。

在当地，10月的河水已经相当冷了，我还是跳下去洗了个澡

因此骑到中午，当我路过一条小河时，心情激动无比，便下水去痛快地洗了个澡，10月的河水已经相当冷了，河水冰得我脑袋都疼，但是上岸晒太阳，又非常舒服、惬意。

骑行了几天浑身上下很脏，拿出几件衣服准备洗洗的时候，突然发现长袖衬衫上有斑斑点点的血迹！惊讶之余，再看看身体其他部位，手臂、身上和大腿上都有很多小红斑，似乎是皮下出血，并没有起包，周围也不肿，不痛不痒。

我过去的人生经验中不曾见过这种症状，有些惊慌，脑中不禁想到了非洲铺天盖地的公益广告的主角——艾滋病，非常害怕，心情一下跌到了谷底。

没准儿，观察观察就好了……我这样想着。

少年小北京的奇幻穿越

2013.10.8—10.10　东非大裂谷—巴赫达尔

　　离开东非大裂谷，连续骑了将近9个小时后，在一条不知名破路边上的小草棚里，我遇到了"牵牛大叔"，开启了一段奇幻般的穿越之旅。

　　当时我正在草棚里写日记，一位大叔牵着牛远远地观察了我一阵，然后走到我面前拍着胸脯说："Home, home."又比画着吃东西的样子，说："Food, free."这质朴的邀请让我怦然心动，于是，我收起本子，穿上鞋，在一个时不时就飘起雨的夜里，跟随着那仅在腰上围了圈床单的大叔从泥泞的破路走进小山沟，再进入森林、上山。

　　我们在树林中穿行，渐渐地脚下根本就没了路。大叔像兔子一样走得飞快，还时不时地丢下我去赶他的牛。很多时候我只能通过大叔的声音来辨别他的位置，然后咬紧牙关努力地跟上他，就连小腿被划破了都顾不上——我开始后悔不该跟过来，原先路边的小草棚其实挺好的。

　　不知走了多久，我们终于到了山顶，这里貌似是个信号站。我站定了，努力在黑夜中观察并猜测大叔会怎么安排我住处的时候，大叔突然示意我把车子靠在旁边。我问他是要先吃饭了吗？但是大叔并没有回答我，只是拉着我继续往前走……

　　这是什么意思？只是把车放下？还没到家？我就这么稀里糊涂地被拽走了。

　　月亮被厚厚的云层遮住，根本看不清脚下的路，我只能深一脚浅一脚地试探着走，稍微慢下来就会被他落下，这种时候我只能使劲儿地

奇幻的穿越之旅，由此开始

大声呼喊他，然后根据他声音的方向去找。似乎只有听到他的回应才能稍觉安心，即便这是个刚刚相识的，连语言都不通的陌生人！

走了大概1公里，大叔突然停住，说了一堆我完全听不懂的当地话！然后又比画着说"Wait"。不等我说话，便转身消失在丛林中。

我一屁股坐在泥地里，直到此刻我才看到了自己的处境：我跟着一个刚刚相识的、难以沟通的土著走到了一个完全陌生的地方，更重要的是我竟然迷迷糊糊地离开了自己的车子！我所有的装备和贵重物品都在上面啊！

这是我旅行中第一次感觉到命运完全不受自己的掌控，我所有的能力都起不到作用，就像一个婴儿一样，一无所有地进入了一个全新的、陌生的世界。

在黑暗的丛林里，我心中生出一丝寒意，脑洞不由自主地开始发散：大叔回去分赃了？还是找食人族的兄弟们来把我抬走？我是不是该找人借个手机报警？这事该怎么跟警察说？我努力回忆着来时的路，想着自己跑回去夺回自行车的可能……晚上还没有吃东西，肚子却连叫唤的力气都没有了。

本就骑了一天的车子很疲乏，跟着那大叔强行越野跑更是消耗了我最后的体能。寒意再次袭来，这夜里也就10摄氏度左右。我只穿着短裤，身上又被雨淋得湿答答的，坐在一堆泥巴里，被疲倦、饥饿、寒冷和屈辱包围……

正在我胡思乱想的时候，大叔不知从哪儿冒了出来，拍了拍我的肩膀，只是看到他我就感到激动万分。他跟我比画着身边的牛。哦！

一觉醒来，昨晚发生的一切恍若隔世

可能是走得太急，丢了牛吧。这个时候我突然很想感谢他，感谢他没有欺骗我。我一鼓作气站起来，跟着他在黑暗中继续前行。

我们似乎沿着一条小河沟的边缘在黑暗中前行，我的肚子已经饿得麻木了，屁股摔得麻木了，腿累得麻木了，我感觉不到空间和时间，只觉得一直这样下去可以走到世界的尽头吧。

终于，大叔在一处闪着微弱光亮的草房前停下，拿了个草席递给我，示意我放地上坐，这就是他的家了吧？随后，大叔拿着一盏油灯和几个邻居一起进屋"参观"我，还给我做了一大盆蒸土豆和一叠厚厚的"英吉拉（Injera）"（埃塞俄比亚当地传统食物）。

肚子里有了东西，我一直紧绷的神经才放松下来。大家默默地看着我，一言不发，只有影子在墙上静静地晃动。不知过了多久，大叔送走了邻居，示意我可以睡在屋子靠中间的一个1米高的台子上，在简陋的小屋里，它像一个供奉着邪神的祭坛一样醒目。

我躺在"祭坛"上，一闭眼就会想起信号站的自行车——这是我旅途中第一次和车离得这么远，却无计可施，这种无助感，令我难以入眠。

天微微亮时我便醒了。一觉睡过后我感到精神饱满，昨天的无助感一扫而空，仿佛全世界都尽在掌握。隔着云雾，阳光虽然显得十分微弱，但是眼中的景与物都让我感觉熟悉又亲切，总算是从梦境穿越回现实世界了。我迫不及待想要找回自行车重新踏上旅途，马上回屋子去招呼大叔和我一起去信号站。

阳光下，所有的景物都和昨夜不同，充满了生机。这一夜我过得恍如隔世，白天的山路依旧泥泞，但是我走起来却轻快自如。昨夜漫长又艰辛的路途，在今天和大叔的聊天中轻松中走过。

到了信号站，看到自行车安然无恙，我一颗心才算放进肚子里。我从行李中掏出了30比尔给大叔，聊表谢意，然后跟着大叔下山了。

告别大叔一家，继续上路

　　今天的路似乎比昨天好走多了，也没有那么遥远了，没过多久就已经到了公路边。然后大叔对我扬了扬手，潇洒地转身，赶着牛离开了。

　　而我呆呆地站在原地，看着昨天休息的那个小草棚，想起昨晚的经历，恍如隔世。

恶病缠身，不得已折返

2013.10.10—10.12　巴赫达尔—东非大裂谷

穿越东非大裂谷时，我的身上就出现不少红疹，这段时间一直没消退，反倒有越来越严重的迹象。

10月10日傍晚，我在巴赫达尔（Bahir Dar）城外一个村庄搭了帐篷过夜。也不知道是夜里几点，正梦见自己在网吧打游戏的时候，突然感觉哪里不对劲，猛然惊醒，发现自己竟然尿床了！

怎么会无法控制自己的身体呢？肯定是精神或肉体哪一方出现问题了。如果是由意志上的松懈而导致，那可真是一件值得羞愧的事情了。摸着黑走到帐篷外，胡乱用水洗了洗身子，找了一身衣服，然后又钻进帐篷换了个姿势继续睡了。

第二天早上起来，外面聚起了不少人——都是来围观我的当地人。由于昨夜尿床而羞愧烦躁的我收拾了东西，早饭也没吃，一口气骑了30多公里。眼看出了太阳，才在无人的山林边停下，将睡袋从行李中取出，准备放到草坪上晾晒。

谁知摊开后，发现睡袋里面不光有水渍，还渗出了很多血迹，心中大吃一惊。再看看身上逐渐增多的红点，我的心沉下来了。

刚出现红疹的时候我就万分担心，担心是艾滋病，觉得我一路上毫无顾忌地使用当地人的餐具和杯具，通过唾液传播也不是不可能（那时候我可没有这方面常识，下意识地就把红点点和艾滋病联系起来了）。

我倒是不怕死，可是一想到小时候看过关于艾滋病的宣传片，那种生不如死的感觉和不为社会所容纳的屈辱，我越想越后怕，于是下定决心去巴赫达尔找家医院检查。

几经周折地找到了一家公立医院后，境遇并未让我的心情好转。这家坐落于巴赫达尔巷深处的医院完全看不出来有多大，还没有到门口，就已经人头攒动。大门里面更是像庙会一样热闹，无论哪个窗口、门口都是排着长队的人。病人们有的互相聊天嬉笑、有的兀自呻吟苦恼，胖胖的护士举着污浊的托盘不时优雅地穿梭其间，最神奇的是，还有小贩提着零食四处吆喝。

　　我进去后晕头转向，不得不向门卫求助：

　　"门诊在哪儿？"

　　"去排队。"

　　"排哪一队？"

　　"那儿有那么多的队伍，你自己随便找一队。"

　　……

在吃早餐，被尴尬围观

如此不专业的对话，让我宁愿相信他只是一个恰好穿着门卫衣服的普通患者。于是我又扯住一位护士小姐问：

　　"门诊在哪儿？"

　　"去排队。"

　　"排哪一队？"

　　"我想应该是这队或者是那个队伍。"

　　不靠谱的护士小姐随意地指了一片队伍……

　　看来真是条条队伍通门诊啊。

　　我挑了人少些的一个队伍，排了许久总算见到了医生，但我还没有描述完我的症状，医生就不耐烦地告诉我："明天上午再来做检查，下一位！"

　　排队俩小时，就排出这么个结果。不用想也知道，明天来了就是排队—检查—排队—取结果—排队—看医生—排队—取药……这得整到哪辈子去啊？尤其看到墙上贴的肮脏的艾滋病检查公益广告时，更担心凭这里的医疗条件，没病也能查出病来。

　　于是我又询问了很多人，终于找到了主路上的一家私人医院。虽然只是一个5层小楼，但是大厅光洁明亮，领号、排队的人秩序井然。详细了解了我的症状后，护士小姐在一张表格上画了几个钩，让我去做检查。

　　看到表格上的价格都非常贵，我郑重地告诉护士，只要给我做艾滋病检查就行了——这段日子"艾滋病"三个字压在头上，我是真有些魔怔了。

　　花150比尔（约合42元人民币）做了血检。经过漫长而焦虑的等待，终于拿到血检报告：血液无异常。

　　一瞬间我真是长出了一口气：不是艾滋病，其他的都好说。医生非要我再做一系列检查查清原因，被我拒绝了。这私立医院的检查费用不比国内便宜，而且医生说的全是专业术语，一大半儿我都听不懂。我只好给他讲我的旅行清贫，请医生将认为可能得的几种疾病名字写在纸上就行了。

离开医院后，上网查了下医生给我写下的病症，可能是血管炎、荨麻疹或出血热。但是我的症状和哪一个都对不上，问题并没有解决啊。

在巴赫达尔休息了一天，身上的红斑越来越多，依然不时地冒出血，有红斑的地方已经开始发痒了。而且，我又一次尿床了。

我舍不得去医院做全面检查，只能寄希望于我的抵抗力足够强悍。然而此时此刻，我已经没有心情再往北方去溜达了。

那就掉转方向，先回亚的斯亚贝巴，再一路向南奔赴肯尼亚，尽快结束这可怕又乏味的行程吧。

被卷入一场"足球暴动"

2013.10.12—10.15 东非大裂谷—亚的斯亚贝巴

我一向讨厌走回头路，尤其是现在这种心境下，沿着原路返回，看到熟悉的景色飘过，竟有种恶心的感觉。

好像这趟北部之旅纯属耽误时间。仅仅是和当地人不痛不痒地打了招呼——说起痒来，身上的疹子可真是痒得厉害。经常会觉得身上哪里突然一凉，再一看必然是有新的血点染在衣服上，然后便是奇痒难当，虽然偶尔挠一挠挺舒服，可是一旦开始就很难停下来，只有依靠毅力忍耐着不挠。

10月13日，路过德真（Dejen），便再次面临东非大裂谷。当天起了个大早，空着肚子开始爬坡。没想到只爬了10分钟便没了能量。现在的我比来时更虚弱，坡度太陡，又骑不动，只能勉强地推着车走。天亮之后开始有大货车往山上走，于是我一手薅住货车的后架，一手撑住车把，让货车带着我上山。

虽然扒大车时身体要像做平板支撑一样绷住劲，很累，但毕竟还是比自己骑车要轻松多了。

大概扒了一个小时的车，总算到了半山腰的一个小镇。

这个小镇好像在过节，满街都是人，脸上贴着小国旗，手中挥舞着旗帜，非常热闹。一问才知道，原来今天是足球世界杯小组赛埃塞俄比亚重要的一场比赛。

看到欢快的人群，我也仿佛获得了力量，打起精神继续翻越峡谷。

此时的位置已经和前面的山顶差不多高了，接下来还有一半的路更加艰难。必须要边扒着货车，边踩脚踏才能前进。快到山顶时有一段土路，此时手臂和腿部的肌肉已达到极限，单靠我自己几乎都推不动车子了。得亏跑来几个小孩子在我后面帮忙一起推。

看到山顶时，心情超好，恨不得吼上两嗓子。这个时候身体非常虚，找了块草坪准备吃点儿东西休息一下。没想到一下子来了很多人围观，还有人提醒我小心丢东西。我一下子睡意全无，虽然疲劳，却又不得不继续赶路。

穿过山顶城镇时，同样有脸上贴着国旗的人在街上喧哗吵闹，但是这里的气氛明显不一样：每个人都显得很悲愤，有些人甚至充满了攻击性。问了路边一位老者，原来是因为埃塞俄比亚输掉了一场重要的足球比赛，无法参加世界杯，大家都很伤心。

看来我上山这段时间，比赛已经踢完了，而且输得很惨。我暗自想着，足球真是一项有意思的运动，居然能牵动这么多人的神经。就在这时候，不少人注意到了我这个"外来者"，开始有人愤怒地指着我喊叫，我听不懂他在喊什么，却能感受到悲痛和不甘。

突然，又有一个满身涂着埃塞俄比亚国旗颜色的青年冲了过来像投棒球一样将一块香蕉皮摔在我头上。

为什么？我一个亚洲面孔跟你们井水不犯河水，你们国家队输球跟我有什么关系？！我心中感到莫名其妙，却只能使劲地踩着单车，希望尽快离开这个地方。可怕的是小孩子们似乎也受到了感染，十几二十个小孩子像疯了一般追着我的单车，拉扯我的行李，口中"yoo-hoo, yoo-hoo"地怪叫。

我一口气骑出小镇将近20公里，停下来一转头才发现捆扎在行李上的外套和一个水壶已经不见了……那件外套是临出门前我的父亲给我买的，因为准备得匆忙，那个时候我连买一件像样的外套的预算都没有。

承载了家庭重量的外套的丢失让我非常痛心，也很不甘心，站在原地想了一会儿，我决定杀个回马枪，回去把外套找回来！

于是我调转车头，飞快地骑了一个小时，返回了那个小镇。

回到小镇的时候，我咬牙切齿地四处寻找外套，并对每个挡在我面前的当地人冷眼睥睨。或许是因为身上这股煞气，我在镇子里再没有遭遇到什么麻烦，似乎大家都在躲避我的目光，刚刚冲我扔香蕉皮的青年也不见了踪影。

当地人这种欺软怕硬的态度更令我感到愤怒，而且鄙视。我刻意放慢了速度，一方面是为了找得更仔细些，另一方面也包含着一丝挑衅的味道。但是到最后也没人敢过来和我搭话，同样，也丝毫没有发现丢失的外套的线索。

或许是缘分尽了吧，只希望拿到它的人能够好好地发挥它的价值。我这样想着，再次离开这个镇子。

当天晚上，我在一个小山坡上放下了帐篷。地方选得不好，夜里的风很强，将外帐篷都吹开了，我也没有心情去整理。看着外帐的布在风中凌乱地飘摆，感觉就像是我的命运一样不受自己支配。天上的云早已被吹散，我就着夜空中皎洁的月光，拿出布鲁斯口琴，不断地用半音吹着不成调的曲子，心中异常凄凉，不知何时竟睡了过去。

难以消受的非洲美食

2013.10.15—10.18　亚的斯亚贝巴

　　回到亚的斯亚贝巴，我再度路过中铁集团轻轨项目营地，遇到了老朋友"哇撒"（这个发音酷似中文"哇塞"的名字让我很久才适应）——说是"老朋友"，也就是10天前第一次到营地的时候认识，聊了几句天而已，不过这家伙自来熟，竟然有种一见如故的感觉。

　　当时哇撒领着两个小兄弟准备去大撮一顿，看到了我便邀请我一同前往。我知道哇撒抠得要死，居然主动提出要"大撮一顿"，顿时大感兴趣。

　　正准备跟去时，遇到几个中国工人，一听我要跟哇撒去吃饭，吓得大惊失色，连呼："使不得！"他们对当地人心存戒备，怕我离开中国营地有危险。

　　我听了笑笑，当地人很淳朴，他们的善与恶都毫不掩饰，从眼睛就可以很简单地辨认出他们的欲望。而中国人在国外的生活圈子非常窄，不愿意和当地人交流。但没想到只是缺乏沟通就能产生这么深的误解，可以想象他们平时彼此的交流与合作一定是困难重重。

　　离开了营地，和哇撒三人走了大概半个小时就到了一条窄小的美食街上。我们走进了一家看起来最大的餐馆——其实只有一间教室大，几盏发着黄光的灯泡并不明亮，显得餐馆里很肮脏。几条低矮的长桌和长椅错乱地摆放着，客人们都乱糟糟地挤在一起。

　　只是瞥一眼每个客人桌上摆放的食物，我不禁倒吸一口冷气——生肉！生肉！还是生肉！在这家紧靠市中心的餐厅中，亚的斯贝亚巴的中产阶级聚在这里吃生肉，让我有种原始与现代混搭的错乱感。

这难道就是我们"大撮一顿"的主题吗？

这家店上菜很快，没多久一盘4斤的生肉加一叠英吉拉配着两份小料就送了上来——可不是吗，都不用加工，怎么可能不快？侍者送上来的餐具，没有筷子、勺子、叉子，而是每人一把锋利的小刀。

哇撒向我演示着如何用小刀切开一块生肉，然后用英吉拉裹住肉，蘸了一些芥末和辣椒酱就往嘴里塞。哇撒的一个小兄弟很有眼力见儿，赶紧用满是油的大手为我卷了一块，恭敬地往我嘴里塞。看着众多期待的目光，我把心一横、眼一闭，将肉卷咬在口中。

我抱着这或许是意外的美食的想法开始咀嚼：先是英吉拉的酸味和芥末的呛辣在口中晕开，然后是辣椒酱逐渐令口腔升温，最后一股子腥味儿升腾。

肉虽然很嫩，但仍觉得嚼不烂。我苦着脸跟哇撒告罪："哥们儿我可真是招架不住这吃法，麻烦让厨房照顾照顾，整熟了拿过来吧。"哇撒有些遗憾，但还是很痛快地交代侍者将肉拿去处理，又叫了一打啤酒来。

过了一会儿，侍者就将处理过的肉端了上来，其中有一半是烤过的。尝了一下，味道还是不怎么样，或许这里的厨师根本不擅长做熟肉吧。哇撒他们倒是非常享受，4斤的肉很快在他们高涨的情绪中消灭得一干二净。

结账的时候一看账单，肉250比尔，酒300比尔——对于日薪只有40比尔的哇撒来说相当于一顿饭吃掉了半个月的工资！

这可就过意不去了，于是我算了算账，准备付钱，谁知哇撒一把拉住我，然后其中一个小弟已经潇洒地埋了单。小弟腼腆地冲我摆了摆手，哇撒一把搂着他，炫耀地说这小子他爹有钱！有车有房还有牛。

看来哇撒一开始就是准备吃大户，我真傻，居然以为他会请客——这完全不符合他的性格嘛。

回项目营地的路上，我一个人走在前面，突然被一个瘦高年轻人拦下来："给我5比尔。"

这个年轻人之前就遇到过几次，每次都理直气壮地拦着我要钱。我如果不理会，他倒是也没有做过什么过分的事情。而今天，纠缠我的时候，哇撒他们也赶了上来。

当时我以为就冲着哇撒这火爆脾气还不直接暴力解围？结果他却从口袋里掏出了5比尔给他，然后才耐心地向那个落魄的年轻人解释我的旅行和为什么没有钱给他……

我瞬间下巴掉地上，这还是那个大大咧咧，一毛不拔的哇撒吗？

那年轻人收了哇撒的钱，开始问我对于埃塞俄比亚的看法，这时我才发现他的英语非常好，而且问题环环相扣。而他似乎发现我不但英语说得烂，而且连思想水平也粗鄙，于是终止了聊天，很绅士地和我握了握手，带着一身傲气离开了。

我莫名其妙地看了看哇撒，却发现他那张永远乐呵呵的脸上有些黯然。"他曾经是一个非常优秀的学生。"哇撒对着他的背影说，"因为组织抗议政府项目而遭到管制，现在他退了学。正通过苦行的方式思考改变国家的方法。"

原来是个非洲版的进步学生、知识分子啊。几句话的交谈和一些侧面的评价，并不足以让我了解这名青年。对于他的事业，大老粗哇撒不会懂，而身为中国人我也是不以为然。但是我和哇撒都对他表达出了由衷的敬意。想来，无论文化差异多么巨大，有些东西却是相通的，比如对知识分子的尊重和理解。

毒品、抢劫、勒索三合一套餐

2013.10.18—10.22　亚的斯亚贝巴—阿瓦萨

　　在亚的斯亚贝巴待了3天，顺利办妥了肯尼亚签证后，我便向南出发了。

　　此时我的病不仅没有康复的迹象，反而加重了，嗓子和鼻子都很难受，眼睛畏光流泪，全身无力，很虚弱。

　　好不容易拖着病体骑到中午，看到路边有家茶馆，于是很难得地进去点了份甜茶和点心当午饭。我这副萎靡的样子被茶馆老板看到，他便关切地拿出一捆"强壮草"让我吃。

　　在埃塞俄比亚到处都能看到人们在嚼"强壮草"，更多人叫它恰特草。既然老板说这个草治百病，那我也就抱着当药吃的觉悟，生吃了许多叶子。

　　休息了一会儿症状竟然真的缓解了很多，居然连身上的红疹都不痒了！我一阵欣喜，感觉找到神药了！

　　恰特草的神奇疗效让我精力充沛了不少。在离开首都60公里的一个上坡，我吃力地踩着单车。迎面有5个衣衫不整的年轻人发现了我，嬉皮笑脸地向我走来，口中大声地问我："你去哪儿？"我看这几个人眼神不善，没有搭理他们，就想绕过去。

　　可是由于是上坡，我速度本来就不快，而对方离我已经很近。其中一个高大的哥们儿一把抓住了我的胳膊，又一手扯住我车上的行李，使我停在了马路边，险些将我的包拽下来。

　　当时我天真地低估了他们恶劣的程度，以为只是对我开了过分的玩笑。这时，另外4个人也凑了过来将我围住，其中有个坏家伙开始翻我行李架上装食品的包，我刚抬起手要阻拦他的时候，突然几只手插进我外套的口袋里并不停地喊叫着："这是什么？"

我死命地边喊边阻拦，马上又有一只手肘狠命地撞在我的肋骨上并将我推倒在地。公路上有很多汽车开过，却没有一辆停下来。这几个青年丝毫不受外界的干扰，直到他们翻到了一些零钱、一块码表，几个人才收了手，嘴里说着当地语言，嬉笑着不紧不慢地离开。

直到他们走远了，才有两个小商贩畏畏缩缩地靠过来，其中一个低声地问我有没有什么要帮忙的，另一个则在一旁边叹息边摇头。

我的损失倒是不大，只是光天化日，朗朗乾坤，居然如此明目张胆，我气得浑身发抖，过了好一会儿才镇静下来。

收拾好被翻乱的包袱，我继续上路。在快到阿瓦萨（Āwasa）的一个小镇子上，看到一栋挂着"博物馆"标识的小屋子。

我也是好了伤疤忘了疼，居然毫无防范心理地推车进了小屋。两个青年热情地拥我而入，叽里呱啦地说个不停，我问他们是否要门票。他们说这里是自愿的，付多少由我个人决定。

于是我跟随着他们进了那间狭窄又阴暗的屋子，看起来是个艺术家的故居，墙上用鲜艳又简单的颜色粗暴地画了一些比例失调的人像。其中一位自告奋勇地给我当向导，他讲解时手舞足蹈非常生动，声音也有股子玄幻的味道，可惜内容我大都听不懂。其间另一位少年不停地拿来各种神秘的粉末要让我尝试，并表示这些伟大的作品都是源自粉末提供的灵感。

总共只有两间不到60平方米的小屋很快就转完了，当我要走时不知道从哪里冒出一个大妈，让我交50比尔的门票钱。我问那个向导开始不说是免费的吗，那青年竟然改口说50比尔以外给多少才是自愿的。

我当然不同意，大声质疑，他们却露出一副无赖嘴脸："这是个

人的博物馆，反正不给钱不能走。"

那一瞬间，我真的气炸了。进入埃塞俄比亚以来种种的遭遇涌入我的记忆，从被当作间谍羁押开始，到最近被抢劫，又到今天被勒索……泥人还有三分火性，我感觉我的愤怒冲破脑门，突然小宇宙爆发，从口袋里掏出10比尔甩在他们脸上："我也不白看你的，10比尔，爱要不要！"

说完我就推上车，头也不回地走了，留下他们在身后不满地抗议，却没人上来阻止我。

到阿瓦萨后，我觉得是比尔都不该给，于是我找到了一位警察，详细地给对方讲了事情经过。

开始的时候警察还能用英语安慰我，可当我叫他跟我去讨回公道时，他居然假装不会说英语，耸耸肩表示听不懂了！

神奇的恰特草

真是一段极度不愉快的经历，最后值得一说是，在阿瓦萨，我上网查了一下我这段时间极度依赖的神奇草药恰特草，从网上的描述来看，恰特草，又称"巧茶""埃塞俄比亚茶"，叶中含有兴奋物质卡西酮，咀嚼后对人体中枢神经产生刺激作用并容易成瘾，又被称为"东非罂粟"，是世界卫生组织确定的Ⅱ类软性毒品。很多国家已将其列为兴奋剂或受管制药物，严禁旅客携带或邮寄入境。从2013年开始，中国已经将恰特草列入毒品的严打范围之内。

简单地说，这几天我的良好身体状态一直是靠这种有成瘾危害的草在维持。

中国人的小黑屋

2013.10.23　亚贝洛

　　越是靠近边境，经济越萧条，很难买到东西。今天又路过一个规模大些的镇子，但是目前我急需购买的水果、主食、药品、网络一样都没有。镇上人虽多，但是从衣着打扮来看更显贫瘠，有的人脚下的鞋子有洞，能看见走路扬起来的大脚指头，有的人衣着褴褛，却在那里吆五喝六。这些让我的情绪非常低落，难道明天的情况会更糟糕吗？

　　骑出小镇不久，再一次看到了五星红旗飘扬在一个远处的营地上空。我几乎要失声尖叫，山中这几天的艰难把我折腾得够呛，急需休整补给一番。

　　这是中铁四局的公路营地，规模比较小。因为项目快要竣工，这里的中国工人只有8人。由于地处咽喉要道，他们接待的中外游客非常多，并且拥有超越国籍的大爱精神，曾经有受到帮助的日本旅行者说，他在海外的日本企业寻求帮助时经常受到冰冷的对待，而中国人的热情令他感动并难以忘怀。

　　这里的条件非常好，安排给我休息的房间干净明亮。厨师师傅听说了我的旅行很受感动，使尽浑身解数，整了一大桌子菜。在餐桌上吃着各种熟悉的味道，感觉像是回到了国内一样，我对师傅的手艺也是赞不绝口。哪知道边上一个胖师傅不以为然地摆摆手，"你运气不好啊，这里只有羊肉、牛肉，吃不出花头。"

　　我很奇怪，平时不也就是吃羊肉、牛肉吗？那师傅一听惊讶地说："你到了这个国家，不会是没品尝过其他的肉类吧？"其实我根本连肉都很少吃啊……胖师傅像看可怜虫一样给我讲：这个国家的好处就是各种动物资源丰富！但是政府在提倡保护动物，当地人除非饿极了，很少去猎食动物。你看那森林里，能吃的可多啦。这里还有一种大老鼠（土豚），像猪肉一样肥，做出来那肉哇……这个师傅一聊起肉来真是滔滔不绝，说得我这个从来对美食无感的人也忍不住想要一品究竟。

"像我们跟当地人关系处得好，他们经常会去山里捉些能吃的动物来卖给我们吃。有的时候路上撞死的野兽，也整来卖给我们，你看，"吃货师傅一指厨房后面一间小黑屋，"每次弄回了动物，我们就带到小黑屋子里屠宰切肉。"

中国人的小黑屋，在当地人眼中简直是罪恶的象征，非常出名，连我在旅途中都有所耳闻。他们对于中国人的食谱已经惊讶到了惊恐的程度，他们简直无法想象有什么是中国人不吃的。

甚至曾经有一次，当地的一个小孩儿跑丢了……几十个当地人怒火滔天地围住小黑屋，非要进中国人的小黑屋一探究竟，他们怀疑可怕的中国人想尝尝鲜儿，把小孩儿给……双方争执不下，气氛一度非常紧张。最后还是找到了孩子，才结束了那场风波。

师傅说起吃来简直滔滔不绝，真应了国内那句形容某吃货省的俏皮话："四条腿的只有桌子不吃，两条腿的只有爷娘不吃……"这时我突然想起来在埃塞俄比亚的生肉宴，于是问："生肉怎么料理才好吃？"

"生肉？生的牛羊肉？"吃货师傅瞬间卡壳。

"嗯。"于是我给他讲了我吃生肉大餐的故事。

师傅撇撇嘴说："我早就听说东非人好吃生肉。且不说味道如何，肉里的寄生虫他们就处理不了。"

这话让我没法接茬，看我沉默，师傅又说："你胆子可真大，单独出去闲逛，也就是运气好哇，平安回来了。很多的中国人在这里

丧命你不知道吧？你再往南走40公里，还能看到被害死的中国人的坟墓呢！"

于是，大家就着治安问题谈论开来了，我听着很不是滋味，却不知该如何插嘴。

其实，在当地人眼中，无所不吃的中国人何尝不是可怕的呢？他们眼中的"小黑屋"，不就是这种误解的最好佐证吗？不同文化之间需要更多的沟通，才能相互包容和理解吧。

天下第一猥琐青年

2013.10.23—10.31　亚贝洛—莫亚莱

进入南部山岳地带，不断地上下坡折腾死我了。

和北部相比，南部要穷太多了，耕地利用得很少，民居更加原始，就连商店都少了很多，而孩子们却显得更加疯狂、野蛮。蓄势冲上来抓我包的非常多，令人疲惫。公路旁的人家一户接一户，不论到了哪里都有大群的孩子追着我，让我很难停下车来。

快天黑时，我骑到一个类似村公社的地方，那儿有几个大棚子，我想在大棚子下面搭帐篷。一如既往，我的到来引来了很多围观村民，还惊动了类似村长级别的人物。

村长不会说英语，但是明显看出他很高兴我住在这里。这时候人群中挤进来一个神情猥琐的男子，他说自己叫"唔嘟"，号称英语好，可以替我和村长做翻译。唔嘟说自己曾经帮助过一个加拿大的旅行者，还给我看加拿大人留给他的电话号码。这些并没有令我相信他，因为他的英语实在糟糕，连"你"和"我"都分不清。

这家伙吹牛不打草稿的样子让我很不喜，而他说话时丰富的表情让我感到一阵浓浓的猥琐气息。

唔嘟给村长做着翻译，说村长同意我住在屋子里。我看了看唔嘟，又看了看村长，说："我可没钱付住宿费啊。"村长和善地拍拍我的肩膀说："Free（免费）。"

于是边上的一位大叔拿来钥匙打开了附近的一间土坯房，里面只有一套磨得发光的木质桌椅，桌子上似乎放着一册账本。睡在屋子里可以免于他人的骚扰，我当然求之不得。

但是当我搭好帐篷时，唔嘟忽然低声地说让我多少给点儿钱。这

种反复无常的态度让我很生气，而且我很快发现，这个要求并非是村长提出的。唔嘟口口声声帮我做翻译，事实上是借机会骗我的钱。村长似乎并不认同唔嘟的说法，厌烦地冲他摆手，让他走。唔嘟临走还谄媚地让我记住他的名字，有困难找唔嘟。

找你个大头鬼。

送走了人群，已经是夜里。屋子里没有灯，门一关就陷入完全的黑暗。村长给我留了一把锁，可以从屋子里面锁上，让我非常安心。总算可以踏实地睡一觉啦，我这样想着。

半夜时，我睡得正香，蒙眬中听到有人在呼唤我的名字，那声音忽高忽低，缥缈似又哀婉凄苦。我蒙了半天愣是没搞清楚身处哪个时空，还傻傻地用中文问"你是谁啊"，听到我的回应，对方似乎很兴奋，竟然领会了我的问题，用发颤的假声温柔地说："你亲爱的唔嘟。"

逐渐意识到原来我还在旅行中，便切换为英语模式，问他干吗。唔嘟竟然说由于我没有给钱，大家都很不高兴，派他做代表来让我多

多少少表示一下！这拙劣的谎言好像一口浓痰吐在我脸上，让我非常不舒服——咱的智商被藐视了呢。

于是我一脸厌恶地隔门喊话："关于钱的事明天再谈。"唔嘟很顺从地说了句："好的，那当然好。"可是过了一会儿，他似乎不甘心，又莫名其妙地说："我要敲门了哦。"然后一边轻轻地挠门，口中还发出奇怪的声音。

在我犹豫的当口，远处传来了狗叫声，很快整个村子的狗都开始叫了起来。唔嘟在外面似乎很惊慌颤抖地和我告别："亲爱的先生，我明天再来看您。"然后就听到他慢慢走开的声音。结果后半夜一闭上眼睛，就想起他呼唤我名字的声音，一宿没睡好。

第二天一早，我就告别了这个村庄，出人意料的是，唔嘟居然没有出现。这令我很开心。

被欢快的人群围住

沿着公路，一路向南

　　之后，我沿着公路一路向南，目标是在10月的最后一天抵达莫亚莱（Moyale）口岸。这意味着，我终于要离开这个国家了——我与非洲大陆的第一次亲密接触，这片梦幻的国度，留给我的经历却像噩梦。

　　我带着对肯尼亚的憧憬奋力骑行。像往常一样，附近的一群孩子聚在我身边不停地起哄。突然，一个倒霉孩子从我侧包挂着的塑料袋中将一个饮料瓶抢了出来。我回头一看，笑出声——那是我的夜壶啊！

　　熊孩子对即将发生的事情懵懂无知，像得到了稀世珍宝一样快活极啦，他打开瓶盖，边跑边猛灌了一口。紧接着，他脸上露出了诡异的表情，之后"哇"的一声吐了出来。吐完了口中的水又接着吐，感觉连胃酸都要吐出来了。

我骑出很远，然后停下车笑了起来，越笑越开心，捂着肚子笑趴在了地上。

在这个国家受到的所有委屈，路上遇到各种人渣和对熊孩子的愤懑，都随着那一口尿，烟消云散。

眼前就是口岸，过了口岸就是肯尼亚。我躺在地上，笑到眼泪横流，肚皮抽筋，笑得完全停不下来，这一切都要结束了。我要把所有不好的回忆都留在埃塞俄比亚，以全新的心情迎接全新的旅程。

同样被留在埃塞俄比亚的，还有一直困扰我的疾病。这两天，我意外地发现身上的红斑正在逐渐变少，刺痒的程度也下降了很多。这些微小的变化让我欣喜若狂，从今天起应该算是进入了康复期了，我的心情好了起来，眼中的景物也变得色彩斑斓起来。

进入康复期，景物也变得色彩斑斓起来

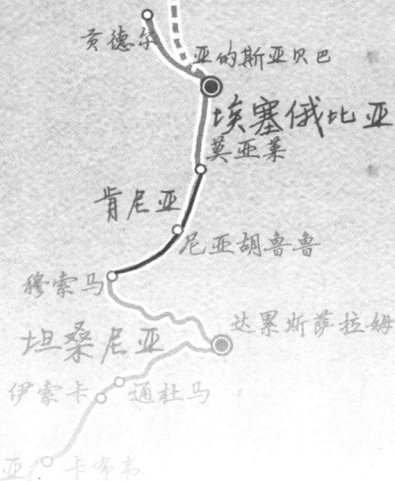

贡德尔
亚的斯亚贝巴
埃塞俄比亚
莫亚莱
肯尼亚
尼亚胡喜喜
穆索马
坦桑尼亚
达累斯萨拉姆
伊豪卡
通杜马
赞比亚
卡布韦

肯尼亚

梦想照进现实

一见如故的亲切国度

2013.10.31 莫亚莱（埃塞俄比亚）—莫亚莱（肯尼亚）

2013年10月的最后一天，我穿过埃塞俄比亚边境口岸莫亚莱。莫亚莱的边检站是在路边50米处的一个小院子，屋子里非常杂乱，桌子上散乱地放着A4纸打印的各种材料，只有两个工作人员边聊天边工作，我的行李也不用检查，手续办得很快。到肯尼亚的检查站是路中央的一排平房，手续也是办得很随意，入境卡没有填满也没人在意。

尽管我在埃塞俄比亚遇到种种不快，然而只要是涉及肯尼亚的事情，似乎都异常顺利，当初在亚的斯亚贝巴的肯尼亚大使馆办签证时，本来只想先打听一下需要的材料。没想到，到了使馆一切都非常顺利。表格中的漏填、错误的拼写、瞎编的酒店名字和电话、没有提供签证复印件……所有的纰漏都没有阻挡我在3天后就拿到签证，原本申请的2个月还延长到了3个月，真是一路绿灯。

当时我还想，这出人意料的顺利，或许预示着我的霉运快到头了。而事实也的确如此，虽然肯尼亚的治安出了名的差，但这个国家却给了我一段温馨的体验。

肯尼亚口岸同样叫作莫亚莱（Moyale），人来人往，很繁荣。跟口岸的工作人员聊天得知，肯尼亚的英语普及率比较高，但是它的第一语言还是非洲三大语种的斯瓦希里语，小时候看的迪士尼动画《狮子王》中的经典台词"Hakuna matata（没问题）"就来自斯瓦希里语。熟悉的台词让我回忆起了小时候看这部动画时心中对非洲草原的向往，顿时有种梦想照进现实的感觉，对这个国度也感觉亲切起来。

一进肯尼亚，发现这边没有什么大树，尽是低矮的灌木，植被很少，处处裸露出红色的土地。我行驶的这一段全是土路，村庄也非常少。

骑了很长一段烂路后，遇到一个小村庄，有十几个成年男子在树下纳凉，招呼我过去休息。我停下车子，坐在了他们中间，向他们打听当地的情况，或是闲聊、开玩笑。

虽然是第一次进入这个国家，遇到的也都是陌生人，但是这些淳朴的村民却神奇地让我感到非常安心，就像是去朋友家串门一样。聊了一会儿觉得累了，就直接仰过头去睡在人群中间，丝毫不用担心行李和自己的安全。

终于踏上了肯尼亚的土地

快天黑时，开始找住宿的地方。白天没有买到吃的东西，而携带的食物和水都不多了，让我感到有些焦躁。隐约中看到远处似乎有火光，骑近了一看，好像是一个堆货物的营地。一大堆铁桶整齐地码放在一棵枯死的金合欢树下，旁边是几顶绿色的军用帐篷，帐篷中堆着很多施工用的器材，一个非洲工人蹲坐在帐篷前，守着正在烧一大锅水的篝火。

看到我的到来，他似乎没有一点儿意外。他的脸在火光的映照下时明时暗，看我的眼神好像认识我很久了一样。他冲我点了点头，似乎示意我可以过去坐。我停下车子，走到他旁边，围着篝火坐了下来。

营地、篝火、远道而来的旅人、沉默的东道主。黑夜中，这一处篝火所能照亮的范围似乎是这个世界上最后一片安全的庇护所。

温暖的篝火和善良的陌生人让我在不知不觉中彻底松开了心弦，连一句话都还没有说，我竟然就开始感到困倦了，坐着睡着了。

直到一阵汽车引擎的声音吵醒了我，是一辆小货车来这里拉铁桶。车上下来一位身材敦实的中国工人，见到我非常吃惊，似乎无法想象在异国他乡的大半夜竟然遇到故乡来的旅行者。

在老乡的盛情邀请下，我前往附近的中国营地过夜。

这个营地隶属于"中国武夷"，带我来的工人姓刘，是分包商的一个小工，一路上滔滔不绝地给我讲着当地的风情和之后的路况，这些都是我最需要了解的，真是庆幸刚到一个陌生的国家就能遇到熟悉当地情况的同胞。负责后勤的人也很热情地为我分配了一间招待客人用的宿舍。

到此为止，在肯尼亚的所有经历，让我感觉如此亲切，如此温馨，如此感动。

但当我走到宿舍门口时，另外几个中国工人撞见了我，其中一个

抓捕偷猎者的工作人员

人以为我是骗子，骂了很难听的话，这家伙随即被其他人拉走了。后勤的大叔在边上安慰我，说那人喝多了，让我不要在意。

　　我笑了笑，知道自己的形象和逃荒的差不多，旅行中经常被人误解和厌恶。只是我没想到在肯尼亚遇到的第一次不快，居然是来自我的同胞。我怅然若失，出神地回想着之前遇到的那堆温暖的篝火。"明天一早就离开这里吧。"我在心里对自己说。

远渡重洋的中国建设者们

2013.11.1—11.5　莫亚莱—马萨比特

进入肯尼亚之后，走的一直是土路。从项目部开始一直到北方的大城市马萨比特（Marsabit）都在修路，每段路由不同的公司承包，其中主要都是中国的公司。因此这部分路段虽然比较差，但是对于旅行者来说会很轻松，因为很容易得到来自同胞的帮助。

11月1日一大早，我就离开了中国武夷营地，本想和小刘道声别，却听说他已经去工地了，一想到这里某些人很不欢迎我，我也不打算多逗留，在心里默默跟小刘告了个别就走了。

当天下了些雨，地上积水不少，土路非常泥泞，挡泥板被泥塞住，我脚下打滑险些跌倒，驮包也一个劲儿地掉，临近天黑时骑到了下一个中国营地——江西中煤的公路项目部。

这个营地相比中国武夷来说真是小得可怜，只有十来个中国人，但是他们对我非常热情，有家的温暖。晚上，一位来自高碑店的憨厚大叔将他的电话一把塞给我，只说"给家里报个平安吧"，看我犹豫的时候又补上了一句"打一两个小时都没问题"，然后扭头就走了。

这是我出发以来第一次给家里打了这么长的电话。

美美地睡了一觉，第二天起来吃过早饭，我开始收拾东西准备离开。食堂阿姨将炸好的麻花、酱牛肉、炸香肠、10包方便面、10个苹果、一包饼干，以及一些零食装了两大塑料袋给我。阿姨听说我的外套丢在埃塞俄比亚了，便拿了一件新的工作服给我，告诉我说："我看你就像看到我的孩子一样，希望你路上能过得好一些。"

虽然防水的塑料布上都压着石头，但还是有些被风吹开

　　这里的所有人对我都十分友善热情，我带着感动离开了江西中煤营地，向下一站进发。

　　营地外的路基基本已经压实，就等着晾干铺沥青了。为了防止被雨水淋湿，新修的路面上都铺着黄色的塑料布。虽然防水的塑料布上都压着石头，但是还是有很多路段的塑料布被风吹开。

　　当时我真是昏了头，由于雨季给我宿营的压力很大，路上总在琢磨着帐篷的防水问题。当我看到这些塑料布，我不知怎么就起了歪心思，想着反正这些被吹开的布也起不到作用，不如剪下来盖在帐篷上做防水用。想到这里，我看周围没人便偷着去剪了有五六平方米的塑料布下来，胡乱一叠就塞在车里，心虚地逃离了犯罪现场。

　　等我冷静了下来才觉得不对，人家那么照顾我，而我竟然还顺手牵羊，真是无耻。事后每次想起来，我都感到羞愧难当。

再度出发，骑得很小心，也很慢，因为路很颠簸，生怕因为行李重而压断了货架。大概4点钟我到了江西中煤的另一个营地，今天希望在这里休息，但是进去太早又没什么事做，于是在路边吹口琴玩，很多开大货的当地司机会特意停下来问我是不是遇到了什么麻烦，再一次让我感受到了来自肯尼亚人民的温情和善意。

差不多到了晚饭时间我才进营地，这里人虽然不多，但是年轻人占的比例很大。给我安排在一个三人间，晚上和另一个湖南的室友小尹打了一会儿游戏，然后就开始跟他聊天。

从他口中，我了解到许多关于当地中国建设者们的生活状态。

小尹告诉我，这里的很多年轻人都是刚毕业就过来了，说这边工作待遇很好，就是打杂都是人民币每月8000元起步，但是单调的生活令很多人望而却步。他说一般刚过来的年轻人都会带很多书，希望提高自我。但是时间一长就靠看电视剧、玩电脑游戏来消磨时间了，干得更久的大抵会喜欢凑在一起赌博。

我与小张

"为什么不和非洲工人一起搞些文化活动呢，相互交流些好吃好玩的？"我傻乎乎地问了一句话，问完就后悔了，觉得好书生气。

　　"非洲工人？呵呵。"小尹笑了，"明天起工地上要放两天假，你知道为什么吗？"

　　我摇摇头，表示一无所知。

　　"因为发工资了。"他跟我解释，"当地工人一旦领到了工资，就会出去享乐，不把钱花光是不会来上班的。打架之类的暴力事件更是家常便饭。"

　　"公司不管吗？"我又问。

　　"这就是最令中国企业头疼的地方，当地法律对工人保护得很厉害。如果企业没有充足的理由辞退工人，马上就会收到法院的传票和巨额的罚款。"说完，小尹耸耸肩，露出一副无奈的神态。

中国武夷营地的路牌

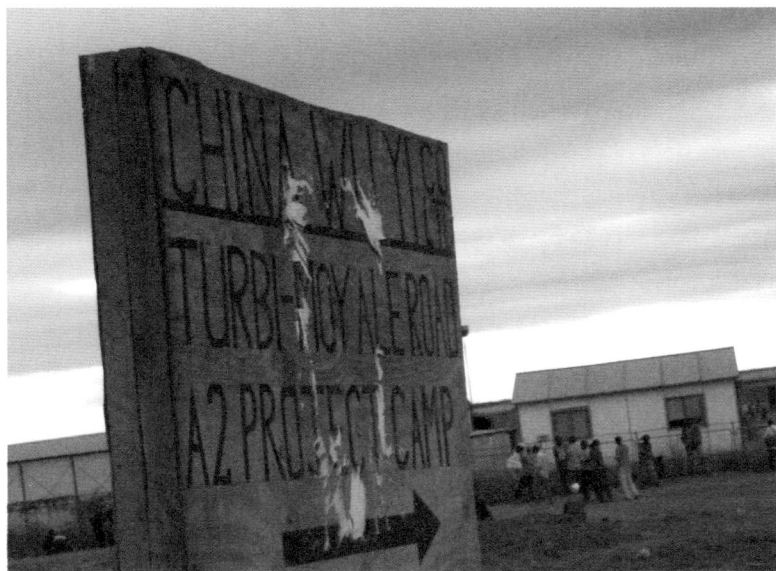

"我是上帝派来帮助你的"

2013.11.5—11.6　马萨比特—莱萨米斯

离开马萨比特后，中国项目营地渐渐没那么密集了。

11月5日，我骑了一整天，到快天黑的时候还没找到住宿的地方。

正对着一个大上坡奋斗时，一辆行驶的吉普车停在了我的前面。车上下来3个当地人，告诉我前面的一个镇子还有40公里远，而且这个地区夜里会有野兽出没，一个人骑夜路非常危险。我倒是不介意是否在镇子上休息，只是希望能够尽早确定住宿的地方，便问了他们是否可以帮忙安排个搭帐篷的地方。

他们几个商量了一下告诉我，他们也只是暂住在小镇上的旅馆，想不到有什么适合搭帐篷的地方。但是他们愿意开车送我到镇上并为我凑住旅馆的钱。在我告诉他们帐篷和旅馆对我来说没什么区别的时候，他们已经自作主张地将我的车子绑在了吉普车的顶上。然后互相击掌，一脸阳光地招呼我"Let's go"。

真是热心啊。

开车的是个一脸白色胡子茬的戴眼镜的大叔，和坐在副驾驶的矮个子小伙子一样都不太爱说话。只有一个叫木鹿·阿拉木的年轻人一直在和我有一搭没一搭地聊着天。

到镇上的时候已经天黑，吉普车开进旅馆的院子。大家借着旅馆微弱的灯光将自行车和行李卸了下来，一并送进了为我安排的房间——只有一张床的6平方米的屋子。

然后，他们又开了一个双人间，3个人挤两张床。这我可过意不去了，看来他们经济也很拮据啊。于是我坚持自己掏自己的房费，却立刻被3双大手阻止住了掏钱的动作，他们一边坚定地说着"No,

我话还没说完，他们已经自作主张地将我的车子绑在了吉普车的顶上

No"，一边把我拉去吃饭了。

这时候还纠结房费的事儿，就显得我不爽快了，于是就和他们吃饭去，吃到一半时，我借口上厕所，想偷偷去结饭钱，居然被识破并且又遭到了3双大手的阻止。

见过热情的，没见过这么热情的。这样一来，我感动得都有点儿怀疑了：他们别是有些什么阴谋吧？

饭后，其他两个人回屋休息了，留下木鹿带我去街上散步。到了一个灯光昏暗的酒吧，木鹿为我叫了一瓶饮料，然后神情严肃地看着我。

终于要进入阴谋环节了吗？我心想，不由得有些紧张。毕竟他们对我实在有些太热情了，我心里总归有些防备。

沉默了一会儿，木鹿开口了，他告诉我，他的父亲信奉传统宗教，母亲是穆斯林，而他在小的时候多次见到神迹而成了虔诚的基督教信徒。接着，他开始给我讲圣经，讲教义。或许是我们的英语都不够好，总觉得他讲的圣经和我以前读过的完全不一样，他反复强调自己遇到的神迹，我心里不由嘀咕起来：不会是什么邪教组织拉我入伙吧？

　　就在我腹诽心谤的时候，木鹿似乎也感觉到了我的心不在焉，他突然拉起了我的手："于，你知道为什么我们会遇到你吗？这不是偶然！"

　　老天，承认了！果然有阴谋。

　　木鹿顿了顿，然后做了个虔诚的表情："是上帝派我们来帮助你的呀！"

"上帝派来"帮助我的人们

我瞬间目瞪口呆。没有邪教，没有阴谋，他们如此热心地帮助我，只是因为信仰让他们觉得必须帮助我这个陌生人。

一瞬间，我为自己以小人之心度君子之腹而羞愧得无地自容。

当天晚上，我睡得很饱，早上听到公鸡在外面打鸣就精神满满地醒来了。在床上赖了一会儿，听到房间外面很嘈杂，却没有人来叫我起床。出了门，发现木鹿他们已经退房。走到旅馆外发现戴眼镜的大叔一直坐在门口等我，他见到我来了非常高兴，说希望我多休息会儿，就没有叫我起来。

他打电话叫来了木鹿和小个子，我们一起合了影，准备告别。木鹿却坚持要送我出镇子，他再一次用比昨晚更加生动、艰深的词语向我传播着教义，试图告诉我："这一切都是上帝的安排，跟随上帝吧，因为上帝在眷顾着我。"

我十分感动，但我并没有答复他。

信仰是富于变化的哲学，自己的路只能自己走，自己的信仰也只能自己寻找。他们热心地帮助了我，木鹿相信这是上帝的安排，而我相信，这是他们内心的善良。

最后的游牧部落

2013.11.6—11.7　莱萨米斯—巴萨洛伊

　　从莱萨米斯（Laisamis）开始，中国公司负责的路段就结束了，接下来的公路由土耳其负责建设。俗话说"不怕不识货，就怕货比货"，明明同时开始建设，中国承包的路段几乎完工，而土耳其承包的路段几乎未开始施工。一脚踏上土耳其路段，简直像是进入了山村土路，路面被大货车轧得惨不忍睹，跟中国负责的路段相比有天壤之别。

　　可见国货还是很有良心的，尤其是走出国门的国货。

　　眼前的土路被来往的大货车轧得奇烂，而天气也变得糟糕起来，天上的云非常厚，时不时落下些雨来，眼瞅着脚下马路有成为泥浆的潜质，一辆大货车停在了我前面。

　　货车司机强壮得像"奥尼尔"一样，却有一口鲨鱼一样细碎的牙齿，而且一笑起来嘴咧得像青蛙一样大，很有趣。"奥尼尔"下了车对我说这段路很不安全，不远处曾经有中国人被杀死，强烈要求送我一段。

　　"奥尼尔"的大货车车顶上坐着不少人，很有非洲特色——好像这些热带地区的国民都很喜欢在车顶上吹风。我本不想搭车，正想开口拒绝，突然发现货车顶上的人堆里有一个编着小辫子的男子正在偷偷地看我。

　　这男子发型奇特，装束更显眼：全身上下除了遮羞布就只有一片红底黑条的布片块斜披在肩上，看上去像一团火。我看着眼熟，仿佛在哪本书上看到过这样的造型，再一看男子手边居然还放着一根长

货车司机强壮得像"奥尼尔"一样，
却有一口鲨鱼一样细碎的牙齿

泥浆路段，翻车是常有的事

矛，我恍然大悟：这不是号称非洲最后的土著——马赛人吗？

马赛人，是东非现在依然活跃的也是最著名的一个游牧民族，他们至今仍生活在严格的部落制度之下，终年成群结队，流动放牧，在非洲辽阔的大地上逐水草而牧，靠围猎而生，过着游牧民族的本色生活。

马赛人远离现代文明，而且主要生活在位于肯尼亚与坦桑尼亚边境的马赛马拉国家公园，怎么突然会跑到这里来搭车呢？

出于好奇，我决定搭车与这个马赛人同行，有机会找他聊聊。可是我还没来得及往车顶爬，"奥尼尔"已经将我的自行车和行李送到车顶，然后一把给我推进了副驾驶。

看来暂时是没法和这个马赛人聊天了。于是扭头跟"奥尼尔"套起了近乎，心里想的还是有机会上车顶聊聊去。

在泥浆一样的土路上，货车不得不像火车一样沿着前面的车轧出的行车道往前开，由于怕翻车不敢开快。

经常会有当地人站在路边对着过往车辆招手，"奥尼尔"遇到这种情况都会停下车来，让对方爬到车顶上。感觉他把自己定位成了一个公交车司机，似乎一点儿也不着急自己运送的货物。"奥尼尔"一路上开得优哉游哉，有的时候看到路边有当地人在水坑旁洗澡，"奥尼尔"也会毫无顾忌地停下车，让我拍照，当对方非常不满地示意我们快滚开时，他也是哈哈大笑毫不在意。而每当有错车的时候，"奥尼尔"也会大声跟对方司机打招呼，要不就是相互开玩笑，关系非常融洽。

路过了被枪杀的中国人的墓地时，一直嘻嘻哈哈的"奥尼尔"却突然停下了车，有点儿严肃地对我说："这就是你同胞遇难的地方，用你自己的方式去悼念一下吧。"想不到他居然如此细心，一时我还真不知该怎么悼念，要说扫墓也没有啥准备，便只是站在墓碑前默哀了几分钟，然后又学着西式礼节吻了吻墓碑。

最后的游牧部落

"奥尼尔"笑着指着在路边水坑洗澡的
当地人，示意我赶快拍照

路过一个镇子的时候，"奥尼尔"停下车，邀请我和他们一起去餐馆吃饭。我看时间还比较早，自己也不饿就决定就此告别，自己走。不顾"奥尼尔"挽留我就下了车，准备借上车顶取车的机会去看看那个马赛人。

巧的是那个马赛人已经爬下了货车，似乎"到站"了，我用英语问他叫什么、要去哪里，他却一句都没有说，仅仅冲我摆摆手，似乎是让我不要跟着他的意思。然后他自己走到了不远处的一棵树下，那里围坐着四五个同样衣着鲜艳的马赛人，他们看了我一眼，眼神中充满了友好，却什么都没说便走了。

这种无声的交流，让我内心突然变得很宁静。这些远离现代文明的游牧民，都是这么安静而祥和吗？或许心底有坚强信念的人大多如此吧。

于是我转身离去，决定不再打扰他们安静的生活。

然后我意识到，他们不会说英语啊！

我差点儿被自己蠢哭，怏怏不乐地离开了小镇子。没骑过多久，看到有两个骑行者在路边休息，过去一问，他们来自乌克兰。一个是看起来有四十几岁的安德烈，另一个是二十几岁的伊万。

相互之间聊了一会儿，听说我们的方向相同后大家都很开心，于是相约同行。

就这样，出门7个月后我终于搭上了伴，与这两个乌克兰人一起穿越了肯尼亚。

我的乌克兰土豪骑友

2013.11.8—11.12　*巴萨洛伊—尼亚胡鲁鲁*

　　我的这两位乌克兰骑友最大的特点是花钱非常豪爽，看中什么东西就买，最爱说的两句话是"多少钱"和"好的"，要是再来一句"不用找了"，在我眼里简直就是野生土豪了。

　　到伊西奥洛（Isiolo）附近的一个小镇上，安德烈发现了个豪华的旅馆，竟然"嗷"的一声欢呼，然后就迈不动腿了。豪华宾馆我自然是不会去住的，想在边上搭个帐篷，也被宾馆保安无情地赶走。眼看俩土豪住进了豪华宾馆，我只好独自一人去边上一个警察局申请借宿。

　　警局的人很热情地为我提供了一间办公室，夜里还有值班警察自费给我买了牛奶和面包，让我再次感受到肯尼亚的热情。

　　早上起来，当我正在为断了的车架愁得抓耳挠腮时，有个女警官得知我车子的问题后，说她们村里有能焊车架的，不仅带我过去，还善意地问我的钱够不够，修理铺的大叔用简陋的设备认真地将车架焊好，只收了5块钱——都是纯朴的人啊。至于我的两个新朋友，他们说了句"我们在前面等你"，就再次像风一样地丢下了我。

　　焊好了车架继续上路追赶伊万他们。一路上风景极好，但赶上了雨季，只能看到著名的肯尼亚山在云雾中若隐若现。

　　肯尼亚山是非洲第二高峰，东非大裂谷中最大的死火山，同时也是肯尼亚最大的部族古库尤族的祖山，并以此作为国名。在肯尼亚国徽图案中也有肯尼亚山，而国花定为肯山兰，可见肯尼亚山在肯尼亚国民心目中的神圣地位。

　　由于伊万他们签证的时间很短，我决定和他们同路，便放弃了

修理铺的大叔用简陋的设备认真地将车架焊好

拜访肯尼亚山的机会。只是远远观赏了一番后，我就加速追伊万他们了。

下午到了尼亚胡鲁鲁，伊万他们突然三过豪华酒店而不入，居然提议和我一起去住警察局。看来他们对我昨天的经历有点小羡慕。

这边的警局很大，长官们说话也很客气，在我展示了昨天住在警局的照片后，长官同意了我们的请求并安排了一间闲置的教室给我们住。只是要求我们提供护照的复印件作为留底。

一切都很顺利和谐，结果复印护照的时候警察突然说要一人100美元复印费。我听了下巴都要掉下来，100美元？即便是作为一次敲诈都显得很没诚意啊，难道我们脸上写着"土豪"俩字吗？我心里吐槽着，一边扭头发现安德烈似乎正在看钱包里的钱够不够。

话说自从乌克兰人加入之后，尽管我抠门依旧，却仿佛被他们传染了"人傻钱多速来"的气息，一路上遇到的奸商都多了起来。

然而土豪也有小气的时候，而且还是那种让人无奈的小气。

那是在一个小村庄外，乌克兰人又骑到了我前面，我"吭哧吭哧"赶到的时候，伊万正和两个当地孩子说话，看到我过来仿佛得救了一样，拍拍我的肩膀说"交给你了"然后就跑开了。

我觉得莫名其妙，于是问那两个孩子什么事，其中一个大一些的孩子憋了一会儿才说："我想要骑你的车。"我当场就拒绝了。毕竟

伊万（左）、安德烈（中）与我

快要天黑了，要是这孩子直接骑跑了我到哪儿找去？孩子们似乎很失望，还想说些什么，我直接挥挥手："天不早了，各回各家，各找各妈去吧。"

孩子们失望地散去后，伊万回过头来找我，坏笑着问我们说了什么。然后跟我解释了当时的情况。

原来那个孩子刚见到伊万的时候先是拿出一包5先令的饼干出来，让伊万尝尝。伊万觉得能这样分享自己的食物的小孩子很令人意外，于是便吃了小孩子给的饼干。吃完后，小孩子说如果你喜欢的话我可以骑着你的车去附近的商店买来。伊万拒绝了，小孩子这才表示他只是想骑伊万的车子，可以给伊万5先令只为骑一下子。伊万感到很难办，可是吃人嘴软，于是就想了个移祸江东的"妙计"，让他来找我借车，顺便使劲儿夸了一番我的"慷慨"。

我不禁感叹，想不到那孩子如此渴望骑车。于是决定将我的车子借给他骑，可是再到门口却找不到人了。我只能在心里说声抱歉，而后责怪伊万如果知道那孩子那么想骑车，不应该太小气。伊万沉默了一会儿告诉我，其实他这一趟是作为安德烈的翻译兼向导才来的，他的开销以及单车装备都是安德烈提供的，如果单车丢了他负不起责任，这样旅行对他来说固然省钱，但各种束缚也令人无奈。

你好，南半球

2013.11.12—11.14　巴萨洛伊—尼亚胡鲁鲁

伊万和安德烈不光花钱豪迈，骑行风格也带着浓郁的战斗民族气息，喜欢不要命一样地猛蹬，还专挑那种全是土坷垃的近路骑（说是签证时间不够了要赶路），全然不顾自行车的感受。为了适应他们的节奏，我的单车真是遭了殃，故障愈演愈烈，为后来在南非差点散架埋下了伏笔。

两个乌克兰骑友的签证日期就快到了，每天都在疯狂地蹬车

一步跨越赤道，我竟有种想哭的感觉

离开尼亚胡鲁鲁后，赤道已经近在咫尺，路上的几个小镇上，商店门口都会制作非常大的纪念牌子以招揽客人，无时无刻不在提醒我们，马上就要和北半球告别了。

从此以后，脚下的大地和我头上的星空都翻转了过来，这可是真正意义上的"天翻地覆"了。

那一刻，我很激动。跨过赤道线的那一步，是全人类的一小步，却是我的一大步。南半球，我终于来了。

两个乌克兰朋友似乎比我更激动。这之前安德烈一直表示肚子疼，状态非常差。一听说到赤道了，这大叔突然"嗷"的一声叫，将骑行服直接脱了，露出狰狞的表情光着膀子骑起来，号称要像把利剑一样刺向南半球。

大叔一身金色打卷儿的汗毛在赤道的阳光下熠熠生辉，像一只威猛的狒狒。

虽然安德烈的气势很强，但其实速度还是很慢，天逐渐阴了下来，还下起小雨，我们只能在路边一排小商店的房檐下避雨，想着什么时候天晴了再上路。

眼看着雨一时半会儿也停不了，伊万突然想到，路上曾有个德国人帮助过他们，而且就住在这附近，不如去拜访一下趁机蹭一顿饭吃。

蹭饭这事儿我当然举双手赞成，立刻冒雨上路，寻找伊万的德国朋友去了。

德国朋友家有个很大的一个院子，围墙有2米多高，与周围农庄格格不入，敲了半天门也没有回应，伊万有些无奈，抱歉地冲我们耸耸肩，我可是被雨淋得够呛，管不了这么多了，于是"噌噌"两下爬上院墙，骑在墙头上大喊："有人吗？"他们要找的德国父子就出现了，那孩子16岁，但身高至少1.85米，站在他边上让我觉得压力很大。他父亲看起来苍老又干练，非常健谈。

德国大叔带我们参观了下他家的房子，感觉他们家也挺乱的，没有印象中德国人的条理整洁，但是布置得很舒适。尤其是后院，视野很好，可以看到肯尼亚山。寒暄了几句后，德国大叔开始张罗吃饭的事儿了，无非是些烤面包，香肠、煎鸡蛋，虽然简单，可热乎乎地吃起来味道很不错。

美中不足的是这德国大叔是个话痨，而且聊的都是国际形势与非洲发展大趋势——对我来说这些话题实在有些难度，而伊万和安德烈两个粗人，自然也无法投入到这种话题了。大家有一搭没一搭地聊着，直到外面天气放晴，我们便告辞了。

从德国大叔家出来后，我感觉安德烈的状态不太好，难道是吃坏了肚子？我也没细问，因为这期间伊万和安德烈不断地用乌克兰语交谈，逐渐演变成争吵。最后伊万告诉我说，安德烈身体不舒服，他们准备搭车到下一个城市，问我要不要一起？

我觉得搭车是弱者的行径，难受的话我可以陪他一起休息，如果决定搭车走那不如就此分道扬镳。于是他们留在原地等车，我自己走了。

寒暄了几句，德国大叔开始张罗饭了

这是我和乌克兰人第一次分别，分别了大概半个小时。

骑了10公里遇到一个小镇，发现很多人在一家店里喝东西，被雨淋了一上午，我也想喝些东西暖和一下，进去一问这家店只有一种饮品——肉汤。

这算哪门子饮料？我一边吐槽一边喝了好几杯，然后就看到伊万骑车追了上来，说是安德烈改变了主意要一起慢慢走。

那就一起走呗，于是我邀请他坐下来喝了个南半球肉汤，然后继续同行。到了岔路，他们说签证时间不够了，要走近道——这是一条C级乡村土路，两个家伙丝毫不顾及烂路，一路的狂飙。我呢，可以听到自己车辐条一根根断掉的声音，等终于骑到大路上的时候我下车检查，发现车辐条断了3根——这是小事儿，更艰难的是，我

黄米煮黑豆让我心情大好

竟然发现后轴折了！当时我就惊出一身冷汗，还好断口很整齐，能够继续将就骑。像这么整齐的断口发生概率不大，稍微歪一些车子连推都会很难。

这车跟着我从国内一路走来也没出过什么大故障，可一到肯尼亚就什么毛病都颠出来了。一想到这个我就心头有气，感觉再跟着他们混下去，我的车可能撑不到南非了，这是我第一次动了要跟他们分道扬镳的想法。

伊万和安德烈似乎也感受到了我的不满，经过一排路边小吃篷时停下车，热情地请我吃了价值10先令的黄米煮黑豆。看在食物的份儿上，我心情恢复不少——我的心情也太廉价了吧。

再见，乌克兰骑友

2013.11.14—11.16　尼亚胡鲁鲁—基西

　　真正让我决心与乌克兰人分开的原因，是我们之间格格不入的性格和生活方式。

　　其实我们之间相处挺愉快的，尤其是和伊万。

　　伊万是个有搞笑属性的人，而且很有语言天赋，不管我英语说得多烂他都能理解，因此我们用英语沟通时觉得非常顺畅。但是最令我惊讶的是他自称英语并不是很拿手。他的语言熟练程度排序分别是乌克兰语、德语、俄语、英语，之后还有土耳其语、意大利语、罗马尼亚语。

　　这么强大的语言能力让我对他肃然起敬，我并不在意他是否夸大了自己的能力，因为他越是强大，越能激发自我奋起的决心。遇到我之后，他又跟我这开始学中文，学得还真挺快，没多久就能用中文跟我进行幼儿园大班级别的情景对话，常常逗得我乐不可支。

　　可是在一起开心是一码事，性格和生活方式不和是另一码事。

　　从一开始，他们这种"出来玩就别怕花钱"的观念就和我这"苦行僧+悭吝人"的旅行方式格格不入，倒不是说我们因此起了什么冲突，而是说我们总归没法走到一块儿去。

　　在纳库鲁（Nakuru）附近一个小镇，安德烈直接找了一个看上去就非常奢华的旅馆，打算在这里住宿。我跟着他们上楼，看到旅馆一个房间要700先令，吓得我直接跳起来，赶紧另寻住处去了。而他俩则十分满意地交了房费安顿了下来。

　　晚上，他们就在那家奢华宾馆吃了饭，而我在路边摊子上默默啃着饼。

我感觉我们之间的隔阂越来越大，虽在同一条路上，却渐行渐远。

吃完饭，我又独自在街头寻找住所。这种时候我突然感觉十分孤单。真奇怪，我一个人骑了那么久从未有过这种感觉，如今我和两个骑友一路有说有笑却反而被深深的孤独感包围。

难道仅仅是因为他们住高级宾馆我睡大马路，他们吃大餐我啃大饼的原因吗？我也不知道。但我知道我得和他们分别了，我们虽然骑在同一条路上，却根本不是同一条路上的人。

街边有一公司门口的房檐较长，还有个保安在门口值守。便问了他可不可以搭帐篷，也不知道他听懂了没，看起来是没有拒绝的意思，于是在大街边放了帐篷，盖上黄色的雨布之后，从外面看就像个普通的杂物堆一样。

对这个地方我是相当的满意，虽然街上行人很多，但是基本没人发现那一坨黄色雨布下，居然有个帐篷和一个旅行者。我像是披上了隐形斗篷，把自己彻底在世人面前隔绝起来。我透过雨布的缝隙，观察着每一个过路的人，并编织着他们背后的故事，这种想象令我觉得非常有趣。

这一觉睡得很踏实，早上5点的时候被值守保安叫醒，说他要下班了，让我收拾东西准备走人。

以乌克兰人的习惯，他们肯定还睡得死死的。于是我只好在街上闲逛打发时间。结果就走到一间漂亮的大教堂里。

大概7点钟，陆陆续续有市民入座。神父和修女在前台做好准备后开始了繁复的仪式，大家在一起做祷告，唱赞美诗，互相拥抱、握手，仿佛大家都是一家人。这教堂感觉是个令人放松的好地方，宏大、庄重，却丝毫没有任何压迫感，反而让人内心平静，非常适合思考和写日记。和伊万他们结伴旅行，我体会到了不同的视角和思考方式，边骑车边聊天也不容易感到疲劳和无聊，但随着彼此了解增多，这种交流逐渐变成了打发时间，或者浪费时间，它远没有个人的闲暇和独立自主更令我感到畅快。因此，从教堂出来后，我终于决定了，我要和他们分开，自己上路。

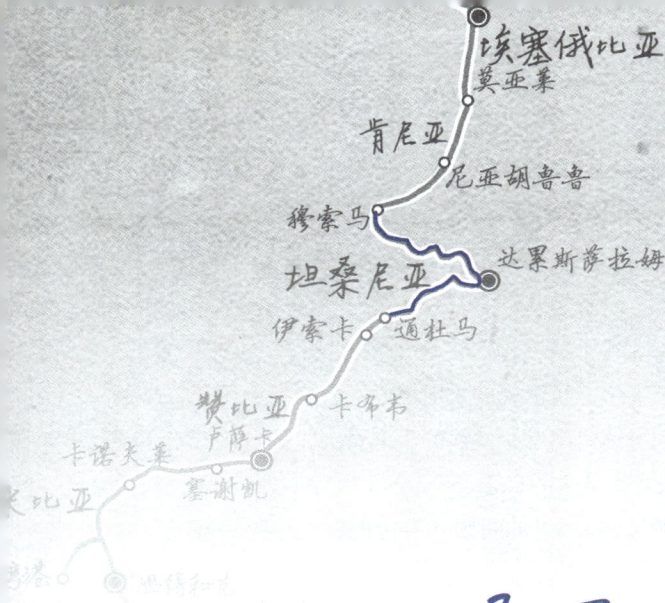

埃塞俄比亚
莫亚莱
肯尼亚
尼亚胡鲁鲁
穆索马
坦桑尼亚　　达累斯萨拉姆
伊索卡　通杜马
赞比亚　卡布韦
卢萨卡
卡诺夫妻
塞谢凯

坦桑尼亚
在非洲的旷野上

鸡肉味，嘎嘣脆

2013.11.18—11.22　苏纳—基内西（坦桑尼亚）

2013年11月19日下午，我正式进入坦桑尼亚，看天色还早，准备再往前走一些，总觉得离口岸近些换钱的手续费会少些。这一走不要紧，却让我过了一段身无分文的日子。

其实早在基内西（Kinesi）的时候我身上的钱就已经快花光了。刚进肯尼亚时，只换了300多块钱，本想着路上不够再换，没想到在肯尼亚只待了20多天，每天只是吃饭、修车的开销，居然一路撑到边境。在苏纳附近一个小镇上，跑了好几家银行都不能换坦桑尼亚先令。于是只好再忍忍，撑到坦桑尼亚再去换钱了。

结果我也是个不长记性的，快到边境的时候遇到"中国武夷"的项目部，这项目部算是我见过最整洁、最豪华的了。他们热情接待了我整整两天，顿顿好吃好喝，到临走时，我几乎忘了自己弹尽粮绝的处境，所以到了坦桑尼亚口岸，居然没有急着换钱。

我原先的计划是离开口岸立刻前往穆索马（Musoma）补给，但是仅仅骑出20公里就觉得非常疲惫，正好看见路边废弃的饭店门口有个小草棚可以遮风挡雨，过去观察了下似乎很长时间没有使用了。一连问了几个过路的当地人可不可以住，可是对方都不能讲英语。最后也懒得再说，直接在棚子下面搭了帐篷，早早睡了。

这草棚很理想，遮阳又挡雨。第二天起来还是觉得全身疲惫，到了下午的时候，我开始拉肚子并开始发烧。只好躺在帐篷里面用手机看电子书转移一下注意力以抵消饥饿感，看累的时候便睡过去，醒来了继续看。没有阳光也感觉不到时间的流逝，只有肚子的叫声伴着

距离穆索马79公里

住宿条件不错

"沙沙"的雨声不绝于耳。

我一整天都没吃东西，一方面是胃口不佳，另一方面也是因为我身上也确实没多少吃的了。当时我仅剩下一块两个月前别人送的巧克力，这种东西拿来当零食补充热量可以，但是要在身体不适时当饭吃，实在有点下不去嘴。

直到第三天早上起来，高烧退了，腹中的饥饿感愈加强烈，我才想起该去换钱买点吃的了。这时正好看到几个当地孩子走过，便叫了他们过来，询问附近是否有兑换外币的地方。

孩子们直截了当地回答我：没有。只有到穆索马市里才能兑换外币。

穆索马倒也不远，只是对于一个饿着肚子的人来说，骑起来可不轻松。

我沮丧地低下了头，突然注意到孩子们拿着各种小碗或杯子。仔细看发现里面装的全是些叫不上名字的昆虫。

"这是什么虫子？捉来干吗？"我好奇地问。孩子们立刻来了劲儿，告诉我这种后背黑亮的虫子是重要的食材，"很好吃的！"一个孩子炫耀地说，"我一上午能拾两斤的虫子。"

看着那些好似没有翅膀的蜜蜂一样蠕动的虫子，我倒是很好奇味道如何，于是从包里翻出仅剩的那块巧克力给他们，"如果有做好的虫子，给我送来一份吧！"

　　这些孩子对巧克力表现出了极大的热情，展开了一番厮打后才决定了巧克力的分配权。

　　过了半个小时，一个孩子带着一碗烤熟的虫子给我。烧烤虫子看着有些食物的风韵，至少不算太恶心，于是我慢慢捏起一只塞在嘴里，咔嚓一咬……嗯，口感脆脆的，虽然只放了盐但是有烧烤的烟熏味儿和蚕蛹的香味，只是吃过几颗后嘴里有点辣辣的感觉不知道是不是含有什么刺激性的物质。

我用巧克力换来的当地美食——好似没有翅膀的蜜蜂一样蠕动的虫子

我像个美食家似的仔细品味了一番虫子的味道，然后点了点头，学着贝爷的口吻来了句："鸡肉味，嘎嘣儿脆，蛋白质含量是牛肉的10倍，不错。"这一趟出来这么久，也算吃过各种奇形怪状的食物了，虫子却是第一次吃，感觉自己好像向原始人退化，成就感油然而生。

　　品完虫子，孩子的妹妹用衣服托着十几个番石榴给我，这些番石榴熟得都裂了口，香气四溢，咬在嘴里好像沙梨一样绵软香甜。

　　看着孩子们留下的食物我一下子心中大定，又不着急走了。到了中午和晚上，那孩子都会端来烤虫子和番石榴，我一边嘎嘣儿嘎嘣儿吃着一边看电子书，生活简直算逍遥。

　　直到第四天，我终于拿定主意出发了，此时我已经彻底断粮了，同时也适应了腹中的饥饿感，并无太大影响，也知道离穆索马只有30公里，一切还在掌控之中。

清澈的眼神

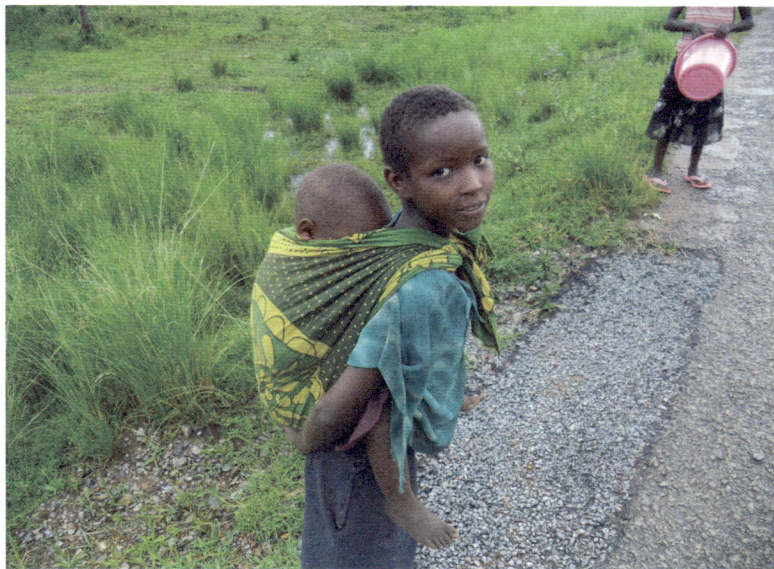

节庆般的葬礼

从草棚子出发不久，看到当地人都聚集到一户人家中，放着喜庆欢快的音乐，各自聊天、做大锅饭，非常热闹。

我以为是当地的什么节日，就凑了过去，门口一名类似迎宾人员的男子将我引进一间小屋中。

小屋中靠墙的3条长椅上都坐满了人，唯独一条红布盖住的长椅空着。我老实不客气地打算坐，那迎宾男子却冲我摆摆手，悄声说道："这是我妈妈。"

"哈？"我愣在那里一时没有反应过来，直到那迎宾男子走过去揭开红布，原来下面是一口木制棺材。他轻轻地打开棺材头的一个小盖子让我过去看，里面躺着一位安详的老人，仿佛睡着了一般。

原来是葬礼啊。可是为什么感不到悲戚的气氛呢？

我离开屋子到了后院里，附近的乡亲在帮忙挖坟，我拿起手机想拍几张照片，本来还担心会被阻止，结果见我要拍照，挖坟的乡亲们居然兴奋起来，各个奋勇表现，挖坑效率提升了不止1倍。说实话这种诡异的气氛实在是让我不知所措。

我收起手机，仔细端详了那迎宾男子，最多也就30岁，想必他妈妈也不过50多岁。虽然知道非洲人寿命偏短，但是这个岁数在国内还没退休呢，应该也不算什么喜丧吧？为什么死后大家竟然这么开心？

我心中很不厚道地想，难道是这安详婆婆生前作恶多端？当然，也有可能是当地人对于死亡的理解不同，据说很多文化中死亡并不是结束，而是新生的开端。然而在我看来，不管死亡对死者意味着什

么，对于生者来说，却意味着再也见不到挚爱的亲人，多少总还是该有些悲戚吧。

正胡思乱想着，迎宾男子拿了一个小本给我看，本子上密密麻麻记载的是人名和金额，似乎是附近乡亲给的白包。我刚到这个国家根本还没有兑换坦桑尼亚的货币，便拿出一张肯尼亚先令给他看，本想告诉他我只有外币，但这男子却误会了我要给他，一把将我的钱拿走，高兴地给附近地乡亲们炫耀。看到他这兴奋劲儿我都不好意思要回来了。这男子让我在本子上签下自己的名字，看着这完全不同的异国文字，他高兴地说要将这本子好好珍藏。

随后他带我到了屋子侧面，这里摆了五六口不知煮着什么的大铁盆，在柴火的烧烤下白烟袅袅。女人们在一旁边聊天边忙活着。那男子对着一个大婶说了几句斯瓦希里语，大婶赶紧从几个不同的铁盆中给我盛了一份饭菜。似乎是没拔干净毛儿的鸡肉块和不知道是什么动物的内脏盖在一坨玉米球儿（当地叫"唔啊哩"）上。

节庆一般的葬礼，人们忙得不可开交

即便是我饿着肚子，即便是我这几天仅以昆虫野果为食，可看到这坨"当地美味"还是未能激发我的斗志，仅仅随便吃了一大盘子，就告辞了。

离开这个家庭继续前行。离穆索马越来越近，村庄和人家也逐渐多了起来。可是这对于没有兑换当地货币的我来说反而是折磨啊，看到想要的却吃不到，如同陷入了六道轮回中的饿鬼道一般凄惨。一连几天都没有好好吃东西，肚子饿不说，嘴里也是一点滋味都没有了，每次被食欲折磨的时候，就会立下雄心壮志：待俺取了银两，一定要大肆败家，买水果、买烤肉、买到手抽筋！

饿鬼道的煎熬没持续多久，因为我很快就到了穆索马。

穆索马坐落于维多利亚湖（Lake Victoria）畔，是我路过的第一个坦桑尼亚城市，繁华又热闹，找了个银行，将100美元兑换掉，换了整整21万坦桑尼亚先令。携带这数十万巨款，我满怀一腔怒火直冲进一家商店，发誓要扫光这里的全部美食。

然而，我站在价格不菲的水果和肉罐头的货架前，沉默了许久，许久——最终买了一袋切片面包便满足地走了。

我也不想送你去坐牢

2013.11.23—11.26　穆索马—塞伦盖蒂国家公园

　　离开穆索马，下午就到了乞力马费扎附近一个中铁七局的营地，他们在这里修一条百公里的公路。主营地非常大，当地主管帮我安排了很大的一间客房，光独立厕所就有16平方米，住得相当安逸，这里的工人们对我都非常热情，搞得我再次懒病发作，一不小心住了整整3天。

　　第三天，听说离营地大约10公里的塞伦盖蒂国家公园门口附近有很多动物，于是吃过午饭一人骑车过去。果然，尚未见到保护区的大门，便有角马和羚羊在不远处的草原上活动，偶尔还能看到动物的骸骨出现在路边。见周围没人，想离得近些拍几张，便下了公路，骑过了草原。

　　角马和羚羊都是胆小的动物，稍微靠近一点它们便会蹦蹦跳跳地和我拉开距离。就这样，不知不觉地被他们吸引到了草原的深处。

　　正当我模仿狮子企图悄声地靠近猎物时，远处传来了引擎的轰鸣将我的"猎物"全吓跑了。我扭过头一看，是一辆丰田吉普车气势汹汹地冲着我开了过来。车子停在我边上，3名身穿制服的工作人员边大声叫唤边下了车朝我走来。

　　"在原地站好，举起手来！"一名工作人员掏出证件在我眼前晃了一下，"我们是保护区管理中心的。"说完，不客气地推了我一把，紧接着在我身上一顿拍，似乎确认了我没有携带武器后长出了一口气。

　　"好吧，现在回答我的问题：你叫什么？从哪儿来？在这儿干什么？"看来是把我当偷猎者了，于是我立刻表明身份，并且简单地介绍了自己的旅行。

3个人惊得合不拢嘴，直到翻过我的护照后才相信了我旅行者的身份。没想到得知我没有威胁后，这几位管理中心的大哥表情更加凶恶，"你知不知道你已经进入了保护区的范围？请出示你的门票！"我本也在考虑是否要进塞伦盖蒂国家公园参观，借着这个机会买了票也是一种选择。便回答说："票多少钱啊？我现在买吧。"

我这轻描淡写的一句话似乎被误解成了蔑视，一位管理员居然愤怒了："现在买票？太晚啦！根据管理中心的规定，游客必须乘坐汽车进入景区，必须购票进入景区。而你，现在必须得先缴纳罚金！"

"罚金是多少？"我继续淡淡地问。

"1000？"几位工作人员互相看了看，其中一个家伙有点心虚地报了个价格。

"先令？"

"美元！"

"没有。"

"500？"

"没有。"

"100美元怎么样？这可不能再少了。"

"没有。"

"……你有多少？"

"我不想支付罚金。"我看着几位为难的管理员肯定地回答。

"你要是不交罚款的话，我们就不得不把你抓起来，送你去坐牢！"一位管理员一脸抓狂的表情。

"到时候估计得给你关上半年，你的旅行计划就泡汤啦！"另一位管理员唱起了红脸。

"你随便给我们点钱吧，我也不想送你去坐牢！"最后一位管理

员苦苦哀求。

我反而觉得很有趣，甚至已经开始想象坦桑尼亚的牢房是什么样子的了。

最后几位管理员看我丝毫没有要妥协的样子，也是很来气。"上车，先跟我们到管理中心走一趟，这是我们的职责。"

离营地大约10公里就是塞伦盖蒂国家公园

于是我连我的自行车一起乘着这辆吉普车被带到了管理中心。其实就是保护区的入口之一，几栋土木结构的平房掩映在树木之中，给人感觉很和谐，附近有几只猴子在悠闲地散步。景区的入口用角马的头骨垒成一个拱形大门，气势十足。

进了办公室，一位管理员仍旧不死心地拿来一份保护区规定给我看。上面的确有禁止的条例，但是并没有处罚的规范。

我这一副油盐不进的样子让他们很无奈，话题也逐渐失控，从威胁我缴纳罚金不知不觉变成了热心讲解保护区的知识。管理员还热心地找来了图片资料为我介绍动物们的习性和活动的区域。

讲到"大象喜欢吃盐"的时候，日头逐渐西沉，管理员看了看表，长叹了一声说："我们下班了，你可以走了。"

我看着外面的天气为难地说："哎？外面下雨了啊，让我再待会儿吧。刚才说到哪儿了？那大象是怎么找到盐的来着……"

第一次吃到了闭门羹

2013.12.12—12.20　梅亚梅亚—查林泽

从梅亚梅亚出发没几天，便听说查林泽（Chalinze）有中国人的企业，于是一路上我铆足了劲儿希望赶到那里，好好休整一番。

功夫不负有心人，总算是在日落前到了查林泽，穿过镇子直奔传说中的中国企业。

那家公司在郊外的草原中非常明显，长长的水泥围墙不知道圈进了多少地皮。厚重的大铁门上并没有公司的标识，我有点心虚地敲开侧门向保安打听这里是否有中国人。

一个身材结实的当地保安满是疑惑地告诉我这里的确是中国人的公司，并问我有什么事情，我就说了从中国骑车过来，希望在这里休息一天的想法。

这大哥听闻此事夸张地怪叫个不停，随后便进去帮我找中国人来。过了半天才跟着一个穿着拖鞋的中国男青年出来。

男青年见到了我便问："你有什么事？"虽然他丝毫不掩饰地表现出一脸的嫌弃，但是对于久未听到中国话的我来说，能说中文都觉得高兴。便拿出护照来给他看，并说是从中国骑车过来，希望在这里休息一天。

男青年一撇嘴说道："休息一天？我们这儿是公司，可没有地方给你休息！"这话说得官威十足，看来男青年说不定还是个领导。

我继续耐心地说："我有帐篷睡袋，只要提供一个挡风避雨的地方就行了。"

想不到男青年居然现出一脸惊讶状，扬起手说："不行不行，没这个先例，公司里哪儿能给你搭帐篷？"

公司里怎么就不能搭帐篷？我有点郁闷："都是中国人，出门在外也不容易……"

男青年不耐烦地叉起了腰："你怎么听不懂话呢，不可能！看清楚了这是公司！"

听到他反复地说"公司"，我突然想到了曾经有朋友说，有一些中国公司是做机密科研项目的。这个公司表面看着简单，或许一点都不简单！

我突然有点理解这位拖鞋领导的一片苦心了，有些话无法当面讲，只能扮恶人也真是难为他了。这么一想，我一下子坦然了。笑着拍了拍他的肩膀道："不用说了，我明白。"转身拿了两个大瓶子出来问他："朋友，最后再帮个忙接两瓶喝的水吧。"

对于我来说，寻找同胞很大一部分原因是想喝到干净的水。那男青年被我的态度弄得似乎有些莫名其妙，看了看我，然后叫当地的保安去门卫室给我接水。

结果接过来的水满满都是气泡，一看就是没烧过的自来水。这是什么高精尖基地难道连白开水都涉密？

男青年转身走了，保安将我送出门外，惊奇地问："你要走吗？你不住在这里？"

我笑着告诉他："有一些特殊的原因，我无法住在这里。"我心想着，谅你这保安怎么可能知道，这里隐藏着我国最高精尖的秘密实验基地啊。

保安觉得难以置信："为什么？你们不都是中国人吗？"

我一摆手："很多东西不是像你看起来那么简单。"言语中流露出的民族自豪感让保安大哥虎躯一震。

震完之后我们两个就呆呆地站在大铁门外不知所措了，这时保安突然说："前面还有一家中国公司，我带你去问问吧，要是还不行的话，你就住我们家里好了。"

然后他就真骑着摩托车带我到了隔壁的公司，两家公司其实是挨着的，但是围墙的颜色和样式都一样反而分不出来。

刚到公司门口，正好一辆小汽车开了出来，是他们领导办完事回来，我赶紧过去拿出护照说明了情况和希望借宿的请求。那领导翻了一下，便说："先进来吧，等会儿我叫人给你安排一下，你要是没吃饭的话一起去食堂吃吧。"熟悉并温暖的话语让我感觉这次是见到同胞了。

吃饭的时候我小心翼翼地问起那领导，边上的公司是不是什么机密企业啊？

领导听了我的问题也是一愣，"我们两家企业是同时入驻的，一家做菜籽油，一家做棉布，没事儿还一起打麻将呢，哪儿有什么机密？"

……

夜里躺在床上，我还没有想通——为什么不愿意帮我啊？

给我一个做好人的机会

2014.1.2—1.12　伊林加—通杜马

　　离赞比亚边境越来越近了，公路两旁的人口密度也逐渐在降低。快天黑时，在公路旁看到一户人家的房子边上有个稻草搭的棚子。我看了看天空，感觉夜里应该不会下雨，于是决定在这个棚子下面搭帐篷过夜。

　　没想到我刚放下帐篷，却遭到了房子门口的一位婆婆的阻拦，她告诉我要住这里的话得交5000坦桑尼亚先令（约合人民币20块钱）。

婆婆和棚子

开什么玩笑？就这个破棚子凭什么收钱？我这一路上住警察局，住项目部，住农家院子从来没人跟我要过钱啊。于是讽刺地对那个婆婆说："坦桑尼亚人哪，心里只有钱。"然后摆了摆手指，准备离开。

仔细想想，我这话其实挺诛心的，我在坦桑尼亚境内，似乎也没什么人因为钱的事儿为难过我，我也不知道为什么，就脱口而出这么一句满含地域攻击的话来。

果然，那婆婆听了我的话后，脸色变得很难看，愣了一会儿，她突然冲过来拽住我的手，让我住在这里，并且明确地告诉我：免费。

这突然的转变让我有点惭愧，之后我在搭帐篷时，听到婆婆和其他人聊天，又听到提到了我的那句话——令我感觉自己非常的卑鄙。我其实不是有心的，只是一时血气上涌，就说出这么一句一扫一大片的话来，没想到居然会给婆婆带来如此大的心理伤害。

后来我在帐篷里仔细反省，旅途中我受过太多的帮助，慢慢地逐渐认为别人帮我是理所当然的，而对于拒绝我的人竟然加以讽刺。这样的我可真是丑陋，赢得了金钱却失掉了道义，真亏了血本。

然后我又回想起进入坦桑尼亚后遇到的种种热情的帮助，在口岸时弹尽粮绝，孩子们周济我虫子吃，塞伦盖蒂国家公园的工作人员虽然企图讹诈我，但最终也没对我做什么。

除此之外，还有一些点点滴滴的小事。

有一次，在姆卡塔（Mkata）附近的一个便利店里，我看到一种饮料瓶很适合做水壶，便问老板怎么卖。老板不会英文，只是不停地指着上面的几个数字表示这瓶饮料过期了，他不能卖给我。我手舞足蹈地表示我很喜欢瓶子，可以按照原价卖给我的。他还是没能理解，却认真地打电话给一个能讲英语的朋友为我做翻译。当他总算弄明白的时候，马上拿着瓶子走出了门外，将里面的饮料直接倒掉并反复地涮洗干净，最后微笑着将瓶子送给了我。其实一个瓶子是小，但是这种诚实并尽力去帮助别人的精神令我非常感动。

　　还有一次，是在距离鲁阿哈（Ruaha）几十公里的路边，我看到一个女孩在摘芒果，便也凑过去摘了两个。后来发现附近的一户人家

旅途中我接受了太多人的帮助，图为当地人为我准备食物

里有大姐在叫我，当时我心想，估计是摘了她家的果子，准备跟我要钱了，便想过去听听她怎么开口。谁知过后她问我要不要芒果，还叫她家女孩洗了5个芒果给我带着。说实话，当时我有点懵。

这样的小事儿还有很多，总而言之，我在坦桑尼亚和整个旅途中，遇到了各种各样热心的陌生人，然而我却没有学会感激，反而习惯了处处接受帮助，想想，真是惭愧啊。

那天晚上，我在惭愧中入睡，早上起来后也没有脸和大家多说话，匆匆道了歉，又道了谢，便狼狈地逃窜而去。

事实上，一直到抵达边境，我心里还一直想着那个老婆婆当时愧疚的表情，这让我感到更加愧疚。

这时，也是天助我，就在我即将离开坦桑尼亚之际，我竟然遇到了一个可以让我获得心灵救赎的机会！

那是在通杜马（Tunduma），路过一户人家门口时，看到了地上掉了一个手机。

想到我自己在多年旅途中丢过不计其数的手机，每次都带给我很多不方便，再想到手机对当地人生活的重要性，我无法想象他们发现丢手机之后的难过……于是，我下车捡起了手机，然后敲开了那户人家的门："这手机是你们掉的吗？"

那家人看到手机显得很高兴，连连点头说手机确实是他们丢的，并打开手机通讯录说里面都是他们的朋友。于是，我把手机交给了那家人。

还完手机后，我心情愉悦，开开心心地扎起了帐篷，准备第二天就离开坦桑尼亚，前往赞比亚。

不过我当时似乎完全忘了一件事情：万一这手机不是那户人家的怎么办？看下通讯录也不能证明他们就是失主啊！万一这个手机真正

的失主回来，他不就找不到自己的手机了？

　　其实这个问题我当时隐约是想到了，但我潜意识里暗示自己要相信他们，把手机还给他们，至于这手机到底是不是他们丢的，我无法考证，也不想去考证。

　　也许当时我只是心怀愧疚，太想给自己一个做好人的机会，给自己赎罪了。

穆索马

达累斯萨拉姆

坦桑尼亚

伊索卡　通杜马

赞比亚　卡布韦

卡诺夫莱

卢萨卡

塞谢凯

米比亚

鲸港　温得和克

南非

曼斯胡普

开普敦

赞比亚

每天都有新的体验

赞比亚异闻录

2014.1.13—1.16 通杜马—伊索卡（赞比亚）

刚过国境便发现，两边的人种明显不同。赞比亚这边的人肤色更黑些，如炭般黑得发亮，身体更结实，女人多留长发。这里的生活条件差于坦桑尼亚，民居大多是四面灰土墙加盖个茅草棚。赞比亚的主路很窄，而且看上去有些年头了，但好在保养得还不错，骑起来不算太费劲。

下午路过一个离伊索卡（Isoka）不远的小镇，一个当地的男孩骑着辆破车追上了我，好奇地问我是从哪里来的。我告诉他是中国时，他非常兴奋。他说镇子里有个中国人的工厂，他特别喜欢那里，并问我要不要跟他去看中国人。

虽然他的口气像是去动物园看稀罕一样，但对于我来说在异国能找个中国营地留宿确实是不错的。

我们七拐八拐地走小路，终于到了一处高墙围起来的院落。我刚要敲门，那个男孩突然拉住我说："我想在这里工作，你可不可以帮我问问老板？"我看他只有十二三岁的样子，虽然心里觉得他很难被雇用，但嘴上还是答应帮他询问。

很快门卫通知了这里的老板——一对来自湖南的兄弟：大刘和小刘。他们听了我的旅行后热情地邀请我进去休息。我赶紧提了下那个孩子的请求，大刘面色有些古怪地说厂里人手足够，不准备招人了。孩子没办法，只能带着一脸的失望离开了。

围墙里面比想象中的更大，散放着一些机器和成堆的红砖，内院生活气息相对浓些，有种植的香蕉和蔬菜，打开平房的纱门感觉就像

回国一样。我放下行李，坐在沙发上听刘家兄弟介绍这里的情况。

这个砖厂是刘家兄弟父亲的，他来这边有5年了，因为是大当家的，平时什么事情都要操心，好在有些亲戚帮衬着，压力还小些，但是几个月前发生些变故，现在只有他们两兄弟留在这里了。

我问他是什么变故，他看了看我说："其实这也是我刚才拒绝那个孩子的理由之一，早些时候，我们的砖厂遭到了武装抢劫。"

他给我倒了杯水然后慢慢地回忆起来。"当时是夜里，天很黑。来了6个抢匪，都持枪。由于当时我们没有外围墙，抢匪先是在砖厂外围抓了一个保安带路，很快地袭击并控制了保卫室，我们的傻保安被抓住时还在睡觉呢。但是在另一个门里有个整夜看监控的保安。他很负责地注意到抢匪来了，并马上敲门告诉了我们。我们看劫匪太多果断地从后门绕了出去，在翻墙离开时我大舅子还被玻璃划了一个大口子。后来抢匪虽然没有撞破内院的门，但是很快地剪断防盗窗进了内院。幸好当时人都跑了，只是损失了一些钱而已，要是人被抓了后果可真是难以想象。"

"砖厂遭到劫匪后，我的表妹吓坏了，马上和我老婆还有大舅子一起回国了。我们留下来的只能赶紧把外围墙也修好，养起许多狗，并时刻准备好枪械。"

"这里的枪很好买吗？都什么价格啊？"我好奇地低问。

"买枪是挺简单的，给中国使馆写封信，然后拿着使馆的回函就可以去枪店买了。价格从500美元到5000美元的都有。"

"那像你们常驻这边的平时上街会感觉到危险吗？毕竟当地人都知道中国人有钱。"

"其实整体的民风还好，他们抢劫终归也是为了钱。反正我出门也都带着枪，中国使馆的武官也给了开枪防卫可以保障后果的承诺。砖厂的安全更难，即便我们准备了围墙。"

"为什么？"

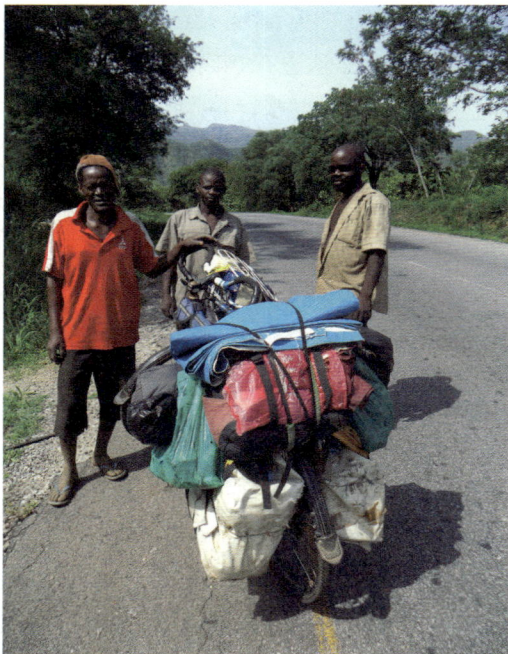

路人甲盛情邀请我去村里的教堂住

　　"一般这种营地、工厂被袭击都是因为有当地的工人做内应，我们怀疑上次被抢时第一个被抓的保安就是内应。"

　　"那可真是防不胜防，我听其他公司的人说，在非洲很难无故辞退员工的。"

　　"是呀，"大刘无奈地摇摇头，"碰到这种事儿一点办法都没有。"

　　我默然无语。我这一路骑行过来遇见了许多友善的当地人，天真地以为非洲是片淳朴的乐土。可我全然忘了，那是因为我只是个旅行者，而且和他们没有直接利益关系。像刘家兄弟这样在当地讨生活的人，在非洲这片土地上，恐怕没有多少温暖可言吧。

没得过疟疾，不算到过非洲

2014.1.16—1.19　*伊索卡—卡布韦*

真的是有人的地方就有中国人，在赞比亚前几天的住宿基本都是在同胞的工厂、工地、营地里解决的，日子过得十分逍遥。然而，随着我一步步深入赞比亚腹地，中国人的据点不再那么密集，这种好日子马上到头了，更要命的是，我得了疟疾。

1月17日从位于伊索卡的"中江国际"营地出来，我突然感觉状态很差，骑了没多远，便躺在路边看起电子书来，休息了一个小时，没想到状态更差了。虽是艳阳高照，我却觉得风吹过来那么冷，肌肉酸痛得使不上力气。一摸额头，发烧了。

单比症状，这次可比在埃塞俄比亚染上的恶病严重多了。咬牙翻了几个坡，终于撑不住了。看到路边一个地面刚铺完水泥的教堂，赶紧跑过去，靠墙坐下，仅仅是这么坐着，也令我感到莫大的轻松。当然，怎么坐都不舒服，却没力气调整姿势。

几个干活儿的大叔很关心我，问了不少问题，我就那么有气无力地仰着头，闭着眼，有一搭没一搭地回复着。一会儿大叔们带来几个盆碗，挨个洗了手，邀请我一起吃午餐，是西麻（一种当地玉米粉糊糊）和一大盆能翻出不少苍蝇和蚂蚁的煮蘑菇。分量很足，但我胃口实在不佳，就没有放开吃。

饭后感觉头上温度又升高了，于是也没再考虑食物、水、药等问题，请大叔们帮我撑起帐篷后倒头休息了。

盖上睡袋，虽不停出汗，也觉得好受一些了。其实我觉得症状不太像是疟疾。但这种突然发热，却不感冒，不拉肚子的情况以前还真没遇到过。到半夜时，感觉体温达到一个高点，这是第一次病得这么

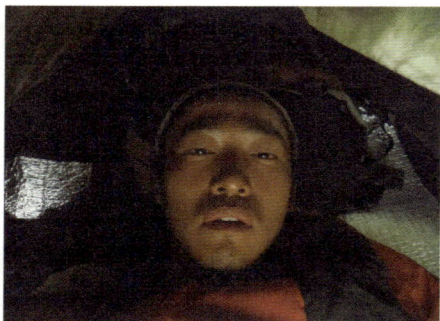

迷迷糊糊中对着相机留"遗言"，事后才发现仅仅是自拍了一张

厉害，我不确定自己是否能挺过这一关，脑中涌出很多奇异的想法和画面，于是我挣扎着拿出相机，打开录像，对着镜头絮絮叨叨地说着自己的感受。

说到累了就迷迷糊糊睡去了，夜里醒过几次，体温略有下降，产生了一些体力恢复的幻觉，自以为钻出了帐篷，打开了驮包，翻出了治疗疟疾的特效药胡乱吃掉。然后就这么时醒时睡地躺着，也不分什么昼夜黑白。

大概中午时，昨天一起吃饭的大叔西姆科克叫醒了我，他特地从家里带了西麻和盐水鱼让我吃。我很感谢他，想给他一些钱，但他坚持不要，他说："我们是朋友。"

雪中送炭让我感动，我实在不想让他空手回去，便送了他一包方便面。这玩意可是我压箱底的至宝，在非洲也是"轻奢"美食，只有过节时才能泡上一包，品一品故乡的味道。我算是发现了，越是原始的地方就越热爱各种美味的工业添加剂，只有饱食终日的家伙们才会整天纠结"绿色无添加"。

西姆科克果然十分开心，对方便面爱不释手！

西姆科克说他晚上再来，但是晚上一直下雨，我浑浑噩噩地始终没见到他。

早上起来，依旧疲乏，没有好转，也没有恶化。随便吃了点干粮勉强填了肚子。看电子书看到中午，附近的孩子们放学，被骚扰，郁闷，才打起精神收拾东西。

在收拾的时候我突然发现驮包根本没有打开，而特效药更是原封不动。"吃了药"竟然只是幻觉一场。又想起当时还录过遗言呢，但说了什么，现在一点都想不起来了，于是好奇地打开相机。哪有什么遗言啊，只有一张自拍照——原来我当时烧迷糊了，把拍照当成了录像！

错失了这么宝贵的"第一手体验"实在遗憾。嘲笑了自己一会儿，我收起相机正准备出发，西姆科克又提着饭盒来看我，带来的

病倒在小教堂里，幸得当地人照料

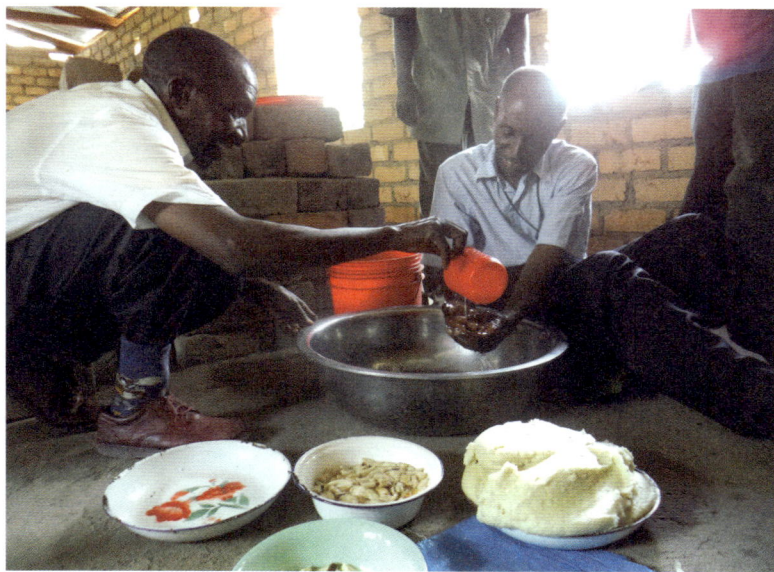

是米饭和一个煎蛋。吃完饭，我问他应该付多少钱，对方依旧坚持不收。

虽然休息了两天，但一上路仍像骑了上百公里一样虚弱，好在要翻的山不多，咬着牙打算硬撑到钦萨利（Chinsali）。上路后发现身体状况比想象的还要差，在一个岔路口听人说不远处有个中国营地。我大喜过望，调动起最后一点力气骑起来，想着到了中国营地，就可以好好休息了。

没过多久，果然见一群人在建设营地，然而走近了一看，这个营地还只有架子啊！

巨大的心理落差让我差点虚脱。一屁股瘫坐在墙边，问了中国工人才知道这个营地刚建，要去主营地还得5公里。此时天色渐暗，我也越来越虚弱，于是有气无力地说："你们有车吗？请用车把我拉过去吧。"

话说出口，我自己都觉得震惊，这是我路上第一次主动要求搭车，还只是为了区区5公里。然而震惊就震惊吧，我反正没有精力再充英雄了。

搭车到了主营地，原来这里也是"中江国际"的工程。经理姓李，很年轻。李经理帮我安排了一间房，还借了电话给我打，这里的工人对我也很好，还特意将饭菜送到我屋中。

找营地医务室要了点治疟疾的药，吃完后，我就沉沉地睡下了。

中国旅人的非洲春节

2014.1.23—1.31　卡布韦—卢萨卡

在主营地养了几天，觉得差不多烧退了，便决定出发了。

这一天是阳历2014年1月23日，阴历癸巳年腊月廿三，是过小年的日子。而过完这个小年，春节也进入倒计时了。

腊月廿八。

我在上午的时候抵达卡布韦（Kabwê）。卡布韦是赞比亚第二大城市，中央省首府，拥有25万人口。这里也是矿业城市，拥有丰富的铅铜矿产。由于胡乱开采和疏于管理，卡布韦的铅锌污染非常严重，曾被评为"全球十大最脏的城市之一"。

当时我记错了日子，以为到了年三十，一心想找个有中国人的地方看春晚。正好听说在卡布韦附近有中国公司，于是我便使劲赶路，希望能赶得上（由于时差原因，春晚在这里是下午2点钟开始）。

结果半路赶上下雨，在一个小吃摊下躲雨，忍不住要了些煮豆子，价格倒是便宜，1元1碗。只是大姐在给我盛的时候不断往外舀着什么，吃到一半才发现，煮豆子里的苍蝇真不少……忍着恶心将昆虫挑出去继续吃。

想到大年三十吃苍蝇饭，就安慰自己好歹算荤菜吧，蛋白质含量丰富。

吃完苍蝇饭，在地摊上讲了半天价，合人民币7元拿下了个二手短裤——这就是我的新衣服了。

把"新衣服"小心翼翼地叠好留着正月初一穿，正好这时天放晴了，于是我继续赶路，下午的时候骑到了中国公司。

到了中国公司我立刻急匆匆地问，能否借宿一天看春晚，对方却一脸茫然。半天才发现，居然是我自己搞错了日子，今天是腊月廿八，后天才是年三十……我一下就尴尬癌发作了，不顾对方挽留掩面而逃。

其实之所以离开倒也不全是因为尴尬癌，主要是算了下时间，觉得可以到卢萨卡（Lusaka）去过年，所以便一刻不停地出发了。

晚上经过一个热闹的小镇，我找了家教堂准备过夜。这家教堂实在很不专业，牧师竟然还在不远处开了家商店，不过教堂里竟有电插座还有Wi-Fi，这实在让我欣喜了好久，觉得就算在这里度过余生都没问题。

腊月廿九。

天真的想法并没持续多久，大清早天不亮，居然有七八个人潜入教堂，他们丝毫不顾及在一旁睡觉的我，竟然播放音乐，开始跳起舞来。似乎是为宗教节日的表演做练习。

在充满节奏感的音乐中，我即便想继续睡，腿却不由自主地跟着节拍抖，只好草草收了帐篷继续往卢萨卡进发。

下午到了卢萨卡城外20公里的小镇上，这里也有个中国公司，应该可以看到春晚。

这家中国公司规模不大，老板是一对来自四川的年轻夫妻——邓力和小胡。小邓夫妇热情接待了我，给我安排了一间库房搭帐篷，并且邀请我留下来一起过年。

我也不推辞，立刻住了下来，满怀希望地等待着过年。

大年三十。

半夜里，突然觉得肚子又胀又痛，结果上吐下泻一直折腾到大清早，还忽冷忽热，料想是疟疾复发了。还好不是第一次了，心里不

慌。这除夕可真是开门不利啊……

天快黑时，邓力很高兴地说附近的中国人邀请我们一起去吃年夜饭，他开车带他媳妇和我到了一家中国人的造纸厂，这里有10个人，非常热闹，一听口音还都是岳阳的，我大学就是在那里读的更觉得亲切。年夜饭也非常丰盛，满满一大桌子的各种肉在非洲可是难得一见。

席间都是生意人之间的对话，我插不上嘴，只能静静听。说实话，这年夜饭上的话题可跟过年的气氛扯不上丝毫关系，大家聊的都是非洲那些发财的机会，是矿石开采等带有传奇性质的领域；另一个话题则是如何对抗强盗劫营，大家纷纷献计献策，从电网、闭路、狼狗到枪械各类解决方案层出不穷，听得我目瞪口呆。

非洲真是个风险与机遇并存的大陆啊。

与小邓夫妇（右二、三）的合影

王哥的赌场风云

2014.1.31（正月初一） 卢萨卡

大年初一，我吃过早饭，收拾东西和邓力夫妇道了别，向卢萨卡前进。

在卢萨卡市区见到一家渣打的总行，国际银行币种很多，我身上的零钱又不多了，于是便准备去碰碰运气，看能否取些钱出来花。

排队时和一个中国大哥聊起来，他也在这儿做生意，对非洲签证很熟。他很痛快地邀请我住他那里。

这位大哥姓王，云南人。长得有点像《水浒传》里的英雄好汉，性格也非常豪爽。他在卢萨卡市中心开了一家汽修店，占地不小，只是有点乱。店里还有两个中国师傅，都来自云南，一个沉默一些的年轻人姓祝，30多岁，另一个姓张，45岁，很健谈。

在店里洗了个澡之后，王哥说要带我去吃饭。于是坐着车和他们仨到了市区的一个商业中心，这里还真热闹，饭馆也不少。我们走着走着，走进了一家赌场。

旅途中真是处处惊喜，令人猝不及防啊。

刚一进赌场大门，我便收到一个号牌，王哥说："收好了，每隔一段时间，赌场里就会摸奖，运气好的话不用赌，傻站着都能中彩。"我虽不以为然，却下意识地把号牌攥紧了一些。

这一家赌场是中国人开的，并不奢华但是很舒适。场子分为娱乐区和用餐区两个厅，地方不大但是人非常多，除了保安、荷官，来玩的全是中国人。这家赌场还管吃喝，生意倒是不错，但是娱乐区中的赌法比较单调，只有轮盘和梭哈。（后来转了其他的一些赌场，每家赌场提供的服务不同，但赌法都差不多，也就是多了些老虎机。）

赌场用餐区的菜品是流水自助餐，由于赶上春节，伙食非常好。不过王哥与祝哥的赌瘾很大，随便扒了点饭就去玩了。

我对赌博提不起太大兴趣，看到张哥也在边上晃晃悠悠，有点奇怪："张哥，你怎么也不去玩一把？"

听闻此语，张哥笑了一下："我？我舍不得啊，家里需要钱才跑来非洲的。"

说罢，张哥点上一支烟，深吸了一口，语调也跟着沧桑起来："这赌场害人哪。你看老王还有些技术，这么玩下来也就是个不输不赢。而小祝呢？他3年下来赚的30万全丢进去了！"

张哥又长叹了一口气，低声说："小祝他都3年没回过家了，连回家的机票钱都输进去了，唉。"

"那干吗还来赌场呢？跑这么远过来非洲给人送钱玩，何必呢？"

　　张哥呵呵一笑："除了赌场还能去哪里？家里又脏又热蚊子又多，你看看这儿——有空调、沙发、大电视，酒水饮料随便喝，24小时的自助餐不停供应，光是坐在这还有机会中奖。那些坐在沙发上的，大都像咱们一样，就是来吹空调的。"

　　"难道赌场不轰人？开着空调白吃白喝地招待咱们他图啥？"

　　"赌场怎么会轰人？你吃吃喝喝才消耗多少？哪天你无聊了，忍不住了，下去了，投在你身上的就全回去了。"

　　听张哥一说，我恍然大悟，果然买的没有卖的精，赌场这营销手段真是紧紧抓住了人性的弱点了。正聊着，王哥和祝哥挠着头过来说："走，换一家。今天在这里运气不好。"

　　随后，我们又分别拜访了一家中国人和当地人开的赌场，玩到12点多才回去。

　　这是我第一次进赌场，但不是最后一次，正如张哥所说，这里的消遣，除了赌场也真没啥了。于是，在后来等待纳米比亚签证的日子里，我白天在市内参观，到了晚上便随王哥3人游走于赞比亚的6个大赌场之间。其中有一家南非合资的赌场，玩法多看着也很正规。还有一家赞比亚首富开的赌场，里面金碧辉煌给人感觉非常土豪。剩下4家全是中国人开的，其中最大的长城赌场的背后是国泰钢铁，势大无比。在长城赌场，中国人甚至可以直接开信用卡，免费获得万元的透支额度。

　　在卢萨卡，中国人很多，而赌场可说是中国人的社交圈子。转得多了也经常看到些熟悉的面孔。有头有脸的老板们自然很多。我还遇见了在赞比亚北部帮助过我的青年项目经理和几个营地的员工，他们趁着假期来到首都，自然也要好好见识一番这花花世界。有时候还会遇到几个面熟的荷官妹子，她们下了班后还会跑到别的赌场去玩。

卢萨卡街头

　　和世界上所有赌场乃至任何一个小山村村口大槐树下的小赌窝一样，这里也是看尽人间百态。

　　这些天下来我看到过运气好的，一个自称王哥小徒弟的青年小伙，玩梭哈连开三手大牌，直接拿走48000的筹码，周围的人都像是看英雄一样围着他，希望能借一点他的好运气。虽然走的时候也只剩下8000了，但是他仍兴奋地扯着每一个认识的人描绘他的直觉。

　　有赢的自然也有输的，我也见过那些输到底裤朝天两口子打架翻脸的，就连王哥都有上了头的时候，有一次输红了眼，硬是从晚上8点一直玩到早上5点半。

　　说实话，我这人三观歪，认为赌博是一种高效的娱乐手段，但也仅仅只能作为娱乐的手段。

卢萨卡假日

2014.1.31—2.16　卢萨卡—利文斯顿

　　在卢萨卡，为了等待签证我整整逗留了12天，创造了旅途上单个城市单次逗留时间最长的纪录。

　　感谢王哥，这真是一个十分悠闲的假期。平时我就待在王哥的小店里，看看电子书、看看电视，这里每日吃下午、晚上两顿饭，都是张哥做，菜比较简单，但口味很好。吃完饭就去各大赌场转悠，偶尔去街上买些零食，或去网吧准备材料。网速很慢不说，而且居然还会受天气影响，我也算是长见识了。

　　除此之外，在卢萨卡实在没有什么消遣了。

　　在卢萨卡的这么多天，我确实没有什么值得安排的游玩活动。

　　唯一值得提一笔的，是在王哥的小店里遇到了一位"王公贵胄"，还跟他分享了一个三明治。

　　那是在卢萨卡的第四天，我刚从外面买了个三明治回来，正吃着，一个穿得很干净的年轻人走过来，开口就问："王先生在哪？"

　　"你找他有什么事？"我随口反问。

　　"我找他要钱。"青年回答得干脆利落。

　　我仔细打量一番，这人倒也不像是收保护费或者追高利贷的，不过这事儿我最好还是别参与。

　　"抱歉，我也不知道他去了哪里。"

　　"哦。"青年面色不改，"那你有钱吗？我肚子饿了。"

　　看着他说得这么直白，我突然想要逗逗他，便说："我没钱，我只有吃了一半的三明治，你要吗？"

　　没想到那个青年很开心地从我手中将三明治拿了过去直接塞在嘴

里，还舔了舔手指："谢谢你的三明治，我还是明天再来找他吧。"说完这个青年摆摆手便走了。

真是个耿直青年啊，说不定是个吃不上饭，想来预支工资的可怜工人吧，我这样想着。

晚上王哥回来的时候，我跟他说了这事儿，王哥哈哈大笑："你说他是可怜人？你知道我这个店铺的房东是谁吗？"

我被他弄得有点摸不着头脑："难道他是房东？"

"他？No！No！这个房子的主人是赞比亚的公主！"王哥得意地说，房东大人的高贵身份让这间汽修店顿时熠熠生辉起来。

"哦。"我无动于衷，"和那青年人有什么关系？"

"那个年轻人是公主的小儿子啊！"看我如此淡定，王哥有点失落。

公主的儿子，那该叫什么？王孙？我一边搜罗着记忆中的历史人物，一边心不在焉地回了一句："哦。"

王哥被我的淡定弄得默然不知所措。我想了一圈还是没想到公主的儿子该叫啥，突然又想起个事儿："哎，这样的身份怎么还会要别人吃了一半的食物啊？难道是来微服私访行任诞之举？"

"什么人丹，还十滴水呢。"王哥终于找到了话头，"哼，那公主非常傲气，家里宅子大得很，里面像博物馆一样。我们去交房租都不让走正门，必须从侧门进。活该他家儿子只能四处讨钱，吃你剩的食物。"

说实话我没听懂这其中的逻辑，是说贵家出败儿的意思吗？不过我也懒得细问，总而言之今天我也算见到了一个"王孙"（姑且这么称呼吧），还分了王孙半块三明治吃。啧啧，按演义评书的套路，将来王孙坐了江山，我也能封个侯爵吧——明治侯？

我随意地开着脑洞，把王哥晾在了一边，后来我再也没见这小王孙来过，这段小插曲也就告一段落，我的生活又一次回到了吃喝拉撒、逛赌场、上网的平凡轨道上。

2月10日，终于拿到了纳米比亚的签证，将近两周的卢萨卡假期也随之落下帷幕。

2月11日一早，我收拾好行装，离开了汽修厂。临别时，王哥与小祝外出去了别的项目部，我只与张哥道了别，略有遗憾。收起来闲情逸致和12天长假积累起来的慵懒气质，向着南部城镇利文斯顿（Livingstone）前进。

上天只帮助不放弃的人

2014.2.19—2.22　卡通杜—塞谢凯

上个月在"中江国际"营地里手动调了变速器后拨片，强撑了一个月后终于又被轮架卡变形了，车连推都推不动了，只能在烈日下摘了行李，开始修复工作。

所谓修复就是用钳子将后拨三片板砸成不影响使用的程度。虽不要求和原本形状相似，但却要不停比对、调试，和上次一样，折腾了两个多小时才结束。其间还发现后轴貌似有杂音，果然越接近旅途终点，潜藏的危机就越开始浮出水面。

而最大的危机来源于车胎。

由于我的行李比较重，车子后胎的磨损会更严重。我骑的旅行车轮径是公路车标准的700c，比一般的26型号自行车要稍大些，这种尺寸的配件在非洲极难买到，往往换下来的磨得很薄的外胎也舍不得丢。在到赞比亚首都卢萨卡之前，后胎不幸破了一条大口子而彻底报废，而我唯一可用的只有之前替换下来的一条磨得很薄的外胎。

自从重新换上那条旧胎开始，我就陷入了深深的焦虑之中——因为如果我不能尽快买到新的外胎，之后的旅程可能无法再依靠自行车来完成了。这让我的压力在每一天、每一刻地积累，在将近半个月的时间里不断地折磨着我。随着外胎越来越薄，每次检查我都更加惶恐。

终于有一天，外胎彻底磨破，柔软的内胎随即磨漏。

但我已经没有可以替换的了，只能在破掉的外胎和内胎之间垫上布条、胶皮、金属片。令人烦躁的是即便这样也无法坚持很长时间，往往一天里都要检查、填装三四次。

就在这种情况下，我进入了卡通杜的市集。再往前就再也没什么像样的城市了，这里已经是我最后的希望了。

这里卖自行车配件的店铺还有那么五六家，我挨个儿向老板们询问有没有适合我车子的外胎。每次老板都是满口应承，但是他们拿出车胎一比对后都发现尺寸不合适。有的老板建议我将钢圈都换成26型号的，却又发现他们并没有合适长度的辐条可以替换。反复走了几趟，老板们都已经认识我了，纷纷告诉我这个国家都没有那种尺寸的车胎，让我放弃。

几圈逛下来我几乎绝望，难道我真的要栽在一条外胎上？彼苍者天！

正当我哭天抢地的时候，突然有个孩子拽了拽我的衣角，让我跟他们走。

"你们要带我去哪里？"我止住了抓狂的神态，假装和蔼地问。

那男孩不说话，只是伸出沾着泥巴的手指着前面。这时我已经对配到合适的外胎不抱希望，于是干脆死马当活马医，跟他们去了。

很快，他们带我走到了一个卖拖鞋的摊贩面前，看起来很壮硕的摊主正在睡觉。那个高个儿的孩子摇醒了摊主，然后他们用当地语言谈了几句。之后那个大叔很热情地将我拉到他睡觉的破布上让我坐下："等一会儿，我马上回来。"说完他便快步离开了。

我有点莫名其妙，那孩子带我过来买拖鞋吗？可是老板为什么突然消失？我丈二金刚摸不着头脑，可这时居然还有个大爷过来添乱，问我拖鞋卖多少钱。我……我都不知道自己为什么坐在这里啊！那个大叔干吗去了啊？我是在等什么啊？再看那个孩子，他竟然蹲在我边上低着头玩蚂蚁！

我也低头，玩着正在售卖的拖鞋。

这些拖鞋都是用废弃的汽车轮胎橡胶拼接而成的，做工粗糙简

轮胎磨损严重

陋，但由于简单廉价，在非洲的市场占有率很高。然而这跟我一点关系都没有，它们甚至不是"Made in China"，我实在想不通我待在这里干吗。

大概等了20分钟，人群外传来声音，我只看到摊主大叔像背着子弹带的蓝波一样斜挎着一条自行车外胎，趾高气扬地推开人群走了过来。时间仿佛都变得缓慢了，礼堂的钟声在我耳边响起，一束光从天上照了下来，照亮了那条外胎。

大叔的话断断续续地在我耳边回响："……外国人丢弃的……一般车子用不了……舍不得做成拖鞋……你能用？……那太好啦！"

按大叔的说法似乎是老外丢弃后被村民捡到，但是发现和普通车子的型号不一致，于是交给他作拖鞋的料子，但是他觉得这个胎非常好就一直保留了下来。为我带路的那几个孩子是他们村的，知道他有一条"普通车子用不了的胎"。当孩子们发现我找不到合适的胎以后，才带我来找他试试。

他拿来的外胎正是我用的型号，车胎的质量非常好，而且磨损得并不厉害，我激动地跳了起来，以前所未有的豪爽说道："大叔，你开个价吧！"

大叔并没有因为我爆棚的购买欲和奇货可居的理由喊个天价。反而很实在地说："我不知道这条胎应该卖多少钱，本来就是别人给我的，你说多少就是多少吧。"大叔朴实的话语，让我的感动更上一层楼，也不好意思玩命压价了。

最终，外胎按照当地新胎的价格成交。孩子们和摊主大叔都很开心，但对于我来说，被折磨了许久的问题终于得以解决，长久的压力终于得以释放。

我并不是一个聪明人，也不是一个会计划很远的人。当我面临困难的时候所能做的就是咬紧牙关去坚持，然后我会发现那困难总是会被各种出乎意料的人或事解决。我总是相信：只要我还没有放弃，整个世界都会来帮助我。

坦桑尼亚
姆索马
达累斯萨拉姆
伊索卡　通杜马

赞比亚
卢萨卡　卡布韦
卡诺夫美
纳米比亚　塞谢凯
鲸湾港　温得和克

南非
装特曼斯胡普
开普敦

纳米比亚
备胎也有春天

风风雨雨，阿狗阿猫

2014.2.23—2.26　卡蒂马穆利洛—卡诺夫莱

穿过宽阔的赞比西河，便一脚踏入了纳米比亚。

一到纳米比亚，就刮起了强劲的北风，我骑得倒是顺风，但没走多远，因为太热，到了中午就要休息很久。

而且还总是下雨。

其实我已经算是错开了非洲的雨季。大多数时候，雨季都在我的正南方，仿佛是我在追赶雨季一样。有时候不小心追上了，劈头盖脸就是一阵狂风暴雨。

在纳米比亚的第二天下午我就赶上了大雨。这个国家人口只有北京的十分之一，一路上很难看到建筑，只有百公里外的地方才有人家。由于我的帐篷防雨性不好，所以不愿意在野外搭帐篷，希望在附近人家的屋檐下搭帐篷，只能披挂上阵冒雨赶路。

我本来觉得，在非洲只有毒辣的日头是不可战胜的，却没想到风雨也如此可怕。风强雨大，打在头上和脸上很疼，我睁不开眼，很担心摔倒。可那也没办法，只能加快骑行速度，再累也要快，终于在筋疲力尽的时候摸着黑到了百公里外的一个似乎废弃的小镇。

这时风雨也都小了些，我便放松了警惕，看到有一排商店的房檐下多少能挡些风雨，便放下了帐篷。

没想到刚进帐篷屁股还没坐热，突然狂风大作，然后再次下起了暴雨。

帐篷在风雨中飘摇，由于放在水泥地上打不了钉子，我的自撑式帐篷几次被狂风吹倒。雨水被风横着吹打在帐篷上，商店的房檐简直成了摆设。由于帐篷质量太次，在暴雨中帐篷里也被雨水拍得下起了

毛毛雨。

我只好在帐篷里穿起了雨衣，然后将怕湿的行李堆在了驮包上面用塑料布盖住，将能做的都做完了之后，我听着雨打在帐篷上的声音、看着打火机和圆珠笔在帐篷中的积水里漂荡，靠着驮包坐着，祈祷雨快快停歇，天快快亮起来。

雨没有停，外面却传来了"汪汪"的哀叫声，似乎是一只小狗围着我的帐篷不停地往里拱。估计是被雨淋得挺惨吧，天还没黑时我见过它，是只很小的狗。像我一样，身上又脏又臭，不知道有没有被雨洗得干净一些。

小狗很有耐心，"哼哼唧唧"地叫了有半个多小时。最后我拉开拉链，一把将它抓进了帐篷，放在了装套锅的袋子里。而这家伙充满感激地甩了我一脸的水作为报答。它倒是很乖，老实地躺在袋子里哼哼。我突然萌生了带它一起旅行的想法。

但是我很快否决了这个念头。

这场景让我想起了在国内途经三门峡时，曾看到3只瘦弱的小猫躺在纸盒子里面，有气无力地在烈日下挣扎。当时虽然我不知道它们多大，但是看起来是没有自理能力的，这么放着没人管的话，很快就会死掉吧，在这么偏僻的地方会碰到个收留小猫的好心人吗？于是便顺手带走了它们。

当时也曾想过要不要留下它们，但是想到猫科动物生性顽劣，骑车的时候如果出意外不就相当于我作孽吗？于是，我路过人家就停下来问可不可以喂养它们，最后终于有一位正在洗衣服的少妇看在我的薄面上统一接收了。

既然当初没有带猫，今天自然也不能带上狗。否则岂不是厚此薄彼？

多张嘴倒是没什么，只是考虑到最后过口岸、坐飞机，带着猫猫狗狗都是问题。而且这只是我单方面的想法，对它而言被人抓走强迫旅行未必是好事。

别想那么多，且过了今朝吧。于是，在这个雨夜里，我和小狗在潮湿的帐篷里"相濡以沫"。

在我胡思乱想的时候，外面的暴雨不停地下，我帐篷里的小雨也是淅淅沥沥。水逐渐在帐篷里积了起来。说起来真是可笑，这帐篷顶上不防水，底下防水性能还真不错，积的水都流不出去。

无奈我挂上雨披，举着手机照亮，蹚着泥水在附近找有没有避雨的地方。最后，只找到一个废弃的加油站，推门一看，这里已经被人捷足先登，有4个当地人已经在里面搭了帐篷。

他们还挺好说话，同意我住进来。屋子里没有空余的地方搭帐篷，只能将防潮垫铺在角落里，盖上睡袋将就。帐篷也没收，和里面的东西一起摊在了地上。又将车子也推进来。衣服也湿得差不多了，真是闹心啊。

最郁闷的是夜里蚊子非常非常多，像一万架轰炸机围着我脑袋盘旋，用围巾将脸全包住也没效果，叮了我一脸大包。最后，我用湿了的衣服将脸包住，只露嘴呼吸，才勉强坚持到天亮，但是嘴唇却因为蚊子的叮咬肿得非常性感了。

天亮之后，我收起帐篷，告别了小狗和小蚊子们，独自向温得和克（Windhoek）进发了。

豆腐渣工程毁掉旅行计划

2014.2.26—3.1　卡诺夫莱—温得和克

　　纳米比亚其实是我的备胎，只是因为在赞比亚没来得及领到博茨瓦纳（Botswana）签证才不得已来此地中转。在我的计划中，到达纳米比亚之后立刻申请南非签证并领取博茨瓦纳签证，然后在博茨瓦纳考虑是否走津巴布韦（Zimbabwe）和莫桑比克（Mozambique）。

　　于是一到纳米比亚我就直奔首都温得和克。正是在这种赶路心态驱使下，一路上似乎都没发生什么值得一提的事情。只是在快到温得和克的时候，遇到一辆车停在我不远处，走下来4个中国人。我一看，之前在赞比亚还见过他们！真是巧，大家也都很高兴，便攀谈了起来。

　　可是，攀谈的内容却无甚新意，无非是几句客套话，聊完就没得说了，有些冷场。果然道不同啊！大眼瞪小眼互相看了一会儿，他们从车上拿了几罐红牛和几瓶矿泉水送给我，还给了我400纳元，便和我道别了。离别之时照例相互道再见——可是即便以后再见，也没啥可聊的啊。

　　人与人相交，就是如此奇怪，我还是想向这几位热心的朋友道个歉，不是我冷漠，只是我实在不是什么社交达人。

　　除此之外一路无话，3月1号我就赶到了温得和克。

　　温得和克是一座精美的欧式城市，我正准备按照手机地图去找博茨瓦纳大使馆获取签证信息时，忽然听到有人用英文问我是不是中国人，一转头看到一位开着小汽车在等绿灯的亚洲男子。

　　他姓王，来自新疆，作为建筑公司代表在温得和克工作，平时也喜欢骑行，见到我这个亚洲面孔的骑行者便停下来搭话，发现我是中国人，他感到非常惊讶。我当时正被复杂的地图搞得头昏脑涨，便问他博茨瓦纳大使馆怎么走，他正好知道地址，于是开车送我一起过去。

开了大概10公里就到了博茨瓦纳大使馆。王哥把我放在大使馆外面，又把他家的地址写给我就办事去了。博茨瓦纳这个国家的签证理念非常人性化，你可以在一个地点递交申请然后在另一个地点领取签证。这样不需要在一个城市苦等，对于时间不宽裕的旅行者来说非常方便。我在卢萨卡提交了申请，一直非常期待博茨瓦纳的旅行，可是见到签证官的时候才领略了现实的残酷。

"很抱歉，你的签证申请被拒绝了。"头发花白的签证官大叔反复确认了电脑上的信息皱着眉头告诉我。

"为什么啊？"我简直难以相信，我那么认真地做了假材料（虚构的机票、酒店订单和行程）怎么可能出问题？

"我也不清楚，具体的原因都写在这上面了。"签证官将拒签信打印出来，盖章签字然后交给了我。

我粗略地浏览了一下，信上写的拒签原因是申请材料不充分。

"那我现在补充材料可以吗？"我想做最后的挣扎。

"信上面应该写了，我们在3个月内都不能接受你的签证申请了。"他放下了笔同情地看着我说。

我沮丧地回到王哥家把情况和他说了一遍，没想到他对这个结果丝毫不感到意外。

"原因我大概知道。"王哥耸耸肩，"之前有家中国公司拿下了建设博茨瓦纳发电站的大项目，但是在项目完工时出现了意外，4个发电机组只能运转2个，导致供电与预期相差甚远。博茨瓦纳的供电原本是依赖南非的，为了和中国公司合作与南非那边的关系闹得很僵。这回项目搞砸了，他们的总统又得去求南非方面重新合作。不光

是经济损失，我们两个国家在世界上的脸都丢大了。你说他们能不恨咱们吗？这下子，整个博茨瓦纳都在排华。中国的项目和商人都在往外跑呢，他们怎么还能给你签证啊？你呀，还是考虑一下别的线路吧。"

"这……"我一脸"世界真奇妙"的表情，嘴巴张得老大，没想到我的旅行计划居然栽在了一个豆腐渣工程手里！

这下我只能直接去南非了，看来纳米比亚这个小备胎迎来春天了呢。

这里是非洲啊

　　南非的签证也并不顺利。准备材料倒不难，但是中国人申请的话需要缴纳人民币8000元的押金，只有回到中国后才能收回这笔钱。这个要求让我心惊肉跳。

　　押金这东西，一般有去无回的多。这里的中国人也告诉我，这笔押金回国后也确实很难退还，只是一般中国人都是去做生意的，也不在乎这笔押金。

　　我倒是不怕这押金肉包子打狗，只是不愿意一次性掏出那么多钱来，要知道我这一路走来总共也就花了万把块钱而已——无奈的是，直到我回到北京，这笔钱也没退还给我。

　　其实我对南非倒没什么特殊的感情，但是非洲最南端的好望角从一开始就是我的目标，我骑了上万公里最后却不能踏上好望角，那就跟写完日记不点句号一样不爽。

　　然后我又盘算了一下，南非回中国的机票要比周围几个国家便宜将近一倍。前思后想，我终于决定，押金先交上去，无论如何，我必须抵达好望角，为这趟旅行画上一个完美的句号。

　　这里可是非洲啊，旧大陆上离中国最远的一片土地！我万里迢迢来到这里却中途而返，就算对得起我自己，也对不起我胯下这辆自行车！

　　南非签证需要一周时间，这一周里我准备趁机骑到纳米比亚最著名的鲸湾港——斯瓦科普蒙德（Swakopmund）游览一番，也算来过纳米比亚了。

单程350公里，全线都是上好的柏油路，而且景色变化丰富，从树林、草原、灌木丛一直到戈壁、沙漠最终到大海。这一路风景宜人，而且一想到马上能看到成群结队的小海豹，我就感觉当初把纳米比亚当作备胎真是亏待它了。

　　在斯瓦科普蒙德市区简单游览一番后，我就一路向北往十字角海豹保护区进发，一路上可以见到红色的沙滩，在沙滩上还可以见到很多被海浪冲上岸的动物的骸骨碎片。

　　顶着海边吹来的侧风，很快到了传说中的海豹滩。穿过在保护区门口竖着的一块巨大鲸鱼头骨，我闻到空气中传来的一股腥臭味儿。啊，这就是海洋的气息啊……嗯，不对，这股腥味儿……这明明是股膻臭味啊……

　　紧接着就听到一阵阵"咩咩"的叫声从不远处一座小山包的后面传来，这……难道不是海豹滩吗？怎么听起来像是来到了一个羊圈？

　　我带着疑惑翻过小山丘，果然是一片羊圈啊！就在我感觉内心的

从沙漠到海洋

从沙漠到海洋

吐槽能量已经要喷薄而出的时候，突然一抬眼，视线越过羊圈望向了远处的海角。

然后我看到了让我终生难忘的景象——海豹，好多海豹，密密麻麻成群结队的海豹，数十万只海豹！它们相互拥挤在一块小小的海角上，慵懒地晒着太阳，铺满了我的视野！我这辈子，从来没见过这么多哺乳动物挤在一起（人类除外）！据说这里的海豹群数量和密度在世界上数一数二。

我惊诧于这种圆滚滚的食肉动物如何与羊族声线相同，如此庞大的种群建立在何种社会体系之上。我更好奇于它们眼中世界的姿态，

因为它们总是以瑜伽般奇怪的姿势沐浴阳光，并且一脸严肃又虔诚的表情似已进入冥想状态。

我并不急着寻求他人的答案，而是写下自己的理解然后折起来放在心中。也许在将来，看到或想到一些新的东西，然后旧的问题获得完善、延伸，产生新的问题。慢慢地，脑中的世界也像这非洲大陆上的苍生一般生生不息了。

在十字角海豹保护区，游客可以随木栈道深入海豹群中，近距离感受海豹们的生活。就连那些新出生湿漉漉的连路都走不稳的海豹幼崽也是触手可及。

总觉得不知不觉间被自然治愈了，这就是非洲啊。

鲸湾港

有些人的故事在这里开始，有些人则在这里结束

返程时，我选择了另一条公路，沿途可以看到一些奇怪的石山地貌。我乘兴而来，尽兴而归，感觉不虚此行。庆幸自己没有把等签证的这段时间花在和当地人切磋电子游戏上。

3月12日当天，我起了个大早到移民局领护照，结果工作人员找了半天，说我的护照续签还没批下来，让我第二天再来。可是我在这儿逗留太久了，急不可耐地想走，我后面是个白人男子，也被告知没批下来。那人看上去也很急，讲了半天，最后工作人员让他11点再来看看。发现有机会，我也就没着急走，在街上转了几圈再回来，正好又排在那白人前面，那工作人员像模像样地又找了一遍，这时候，我眼睁睁地看着她把我护照翻了过去，然后告诉我，这没中国护照。

强压怒火！我抓狂地告诉她中国护照啥样后，那大姐面不改色地挑出，盖章后交给我，丝毫没有惭愧的样子。

唉，这里就是非洲啊！

你也是上帝派来帮我的吗

2014.3.13—3.15　温得和克—马林塔尔

3月13日，我离开了温得和克。

从温得和克向南，一路都是连绵起伏的山地，骑起来非常吃力。快到下午时一看路标，距离雷霍博特（Rehoboth）还有20公里。

本没准备骑那么远，于是我就打算停下来休息，趴在路边一小台子上看电子书。

正看着，一大叔开车路过，突然停下问我："你怎么了，病了？"语气中满是关切。

我连忙摇头说："不不，我很好，只是累了，在休息。"

"你确定？"大叔非常认真地打量我，"我觉得你病了，我带你去城里吧。"

"我……我没病。"看大叔这坚定的语气，莫非他是个医生？"我确实只是累了，休息会儿就好了。"为了证明自己的观点，我从小台子上跳下来蹦跶了一圈。

"你病了。"大叔的目光依然坚毅，"上车吧孩子，是上帝告诉我让我来帮助你的，我送你去城里。"

我实在不想搭车，反复推辞，终于，大叔妥协了，但是依然非常善意地留了电话，并说如果晚上到雷霍博特可以住他家。

这大叔让我联想到在肯尼亚遇到的年轻人木鹿，当时他也对我说是上帝让他来帮助我的。这大叔也是上帝派来帮我的，看来上帝还真关注我。不过想起木鹿，我对这大叔也感到莫名亲切，而且我在纳米比亚还没住过当地人家，也想感受一番呢。于是，我答应了，并加快速度在天黑前到达了雷霍博特。

进城后打电话过去，这大叔在电话里给我一通指路，最后让我在一所小学校门前等。结果等了半个多小时都没见人来，眼看着天快黑了，我便准备离开，自己找地方露宿。刚走不远，那大叔又打来电话，说不要着急已经叫人来接我了。一会儿，一个男人开车过来，让我上了车。

走了大约20分钟，我先被接到了大叔的姐姐家，刚下车就被一群人围观，足足40分钟后，我才被送到大叔家。

大叔家住宅面积不大，大约100平方米，5间房子，装饰、装修很精致。他的妻子很高兴地弄了简单的晚餐——2块鸡排，1份通心粉，1份拔丝南瓜，1份沙拉。虽然都是凉的，但味道不错。

饭后大叔带我参观了他家的房子，说我可以在院子里搭帐篷，比较凉快，也可以住在屋里，有床，但比较热。屋里屋外对我来说都一样，我便在院子里搭了帐篷。大叔在院子里走了一圈，拿了把铁铲对我说："如果夜里要大便，可以拉在院子里，但是要用土埋起来。"明明他家有干净的卫生间啊，是把我当成了猴子吗？还是他们平时有在院子里"施肥"的习惯？

我突然对院子的土地感到恐惧，隐约感到有一阵阵异样的气味涌了上来。

第二天早上，大叔舍不得让我走，非要再和我聊一聊"我们"的上帝。但有了上次跟木鹿"论道"的经历后，我表示不想在对于《圣经》缺乏理解的时候对宗教夸夸其谈。于是大叔又拿出《圣经》让我朗读耶稣重生那章。我看他如此殷切，实在不好拒绝，便费劲儿地读完一大段，一看那大叔竟然闭着眼，一脸陶醉的表情我不禁叹了口气，继续读了下去……

临别时大叔又认真地在我笔记本上洋洋洒洒地留下一大篇赠言。

大叔正在为我写临别赠言

　　在大叔家耽搁了一段时间，离开雷霍博特的时候已经是中午了，为了能顺利抵达马林塔尔（Mariental），我就开始赶夜路。

　　看电子书看累了的时候，我在寂静的夜里也会玩些无聊的游戏。比如躺在路边假装车祸现场。或者有汽车驶来时，学着僵尸伸直了胳膊不停地瞎蹦。可惜我的表演从未博得路过的司机尖叫。

这天正当我蹦得欢的时候，突然一辆车停在前面，我伸头一看，司机又是个大叔。大叔把头探出车窗，埋怨我不该走夜路，太危险，要求我搭他的车前往马林塔尔，我也没拒绝，上了车。因为夜里风很大，远处还在下雨，不好找地方搭帐篷。

　　坐上车后，这大叔也开始问我信仰问题，一聊才知道他是个牧师，我一直在狐疑他会不会突然告诉我他也是上帝派来帮助我的，不过最终也没提，只是聊着他家里的事情。聊到后来都没话了，其实我早就困了，骑行了一天，坐下来就想睡觉。

　　这时大叔突然暴喝一声："快和我说话！我要睡着了！"我顿时睡意全无：疲劳驾驶啊！

　　所幸，离马林塔尔已经不远了。当夜，住在大叔家，睡得很好。

为部族之崛起而读书

2014.3.15—3.17　马林塔尔—基特曼斯胡普

从马林塔尔继续往南，在前往基特曼斯胡普（Keetmanshoop）的路上断断续续地下着雨。3月16号一个雨后的下午，我看电子书太入迷，不小心走岔了路。到了一条偏僻的小路上，看地图之后可以回主路上，便决定将错就错继续走下去。在日落前，我经过一片看上去有些破烂的小村庄。

要知道，纳米比亚是个矿业国家，整体上城镇化程度很高，沿途都是整齐的小城镇，像这样一片破败的，带有浓郁原始风情的农业村落在这里还真不多见。

于是，在好奇心的驱使下，我骑进了这片村落。

一进村子，立刻有几个当地人围上来表示好奇。对于非洲人民的围观，我已经见怪不怪了，向他们露出了一个友好的笑容后，就顺便问了可否借宿。

结果出奇顺利，从围观者中挤出一个老大爷，痛快地答应了我的请求，然后便领着我到了一处离公路不远的由树枝围起的院落。

从外面便可看到，院子里是一间黄泥垒的大房子和两个牲畜棚。打开栅栏，几只鸡惊得连连扑扇翅膀，躲到一堆简陋的农具后面。院子里被四处逃窜的鸡扇呼得尘土飞扬，老大爷丝毫不在意，大声吆喝出屋中的一个年轻人，交代了几句话后，冲我点了点头就离开了。

那个年轻人叫嘎拉咔，他请我坐在门口稍等，然后便转身去收拾屋子。这一收拾足有半个小时，又是扫又是拖的，屋子里本就是压实的黄土地，沾上水感觉更脏了，最后他还对着屋子喷了一遍香水——

这一丝不苟的态度让我觉得非常不好意思。

嘎拉咿收拾完屋子，示意我将车子停到屋子后面，然后对我说外面天还没有黑，可以带我出去转转。于是我们一起走到了屋子附近的农田里，他向我介绍着各种农作物。金黄的麦子已经成熟，嘎拉咿揪了一把麦穗，放在手中将麸皮搓开，再一口气吹飞，手中只留下颗颗饱满的麦粒。他递给了我一把让我尝尝鲜，我拿起一颗放在口中，清甜可口，味道非常好。然后他又带我去看了豆角田，第一次见到半人高的豆茎上挂满了豆角，也不顾是不是能生吃，忍不住摘下几个，剥开皮，将青豆塞在嘴里，口感非常鲜嫩。我一路品尝着各种农作物的原味，一边听着他的讲解。没想到他这么能说，生动简单的介绍，让我几乎忘了是身处异国。

直到天完全黑下来我们才回去，嘎拉咿划着火柴，点燃了一盏油灯。所谓的"油灯"，其实是一个盛了煤油的汽水瓶子，在瓶盖上打了个洞，穿出一根棉线。一端在瓶盖上冒个小头，另一端浸在油中吸取燃料。这油灯烧起来没有什么烟，但是总让我莫名想起"莫洛托夫鸡尾酒"（苏联人发明的一种简易燃烧瓶，用来炸德军坦克的），因此不自觉地远远躲开了它。

虽然晚上吃过了面包，但嘎拉咿仍然不停地拿些吃的给我。有一种是用米做成的类似鸡蛋羹的食物，在中间挖了一个小坑，里面填满辣椒酱。吃的时候用勺子从边上挖下一角蘸酱吃。辣椒酱的油非常大，我吃得很反胃。

饭后，我们边吃着鲜蚕豆边聊天。聊到他的学习时，这家伙劲头十足。把他的教科书挨个儿地给我看。他说他是10年级的学生，虽然我不知道这是什么级别，但是教科书中还有函数的内容，都赶上国内大一的水平了。像我这样学习过的人翻起课本来倒还觉得有趣，对于学生来说应该很枯燥吧，这些书的信息量都太大了。他们的课程中没有美术、音乐、体育等副科，反而生物和农业是学习的重点。

我俩各自看着手中的教科书有一搭没一搭地聊着。他说白天要忙农活儿，因此晚上经常看书到很晚。在昏暗的小油灯下，书上的字很难辨认，看一会儿眼睛就会很累。于是我合上书，问他："你为什么这么努力学习？"

　　嘎拉咿想也不想地回答我说："因为我哥哥读书很好，现在在使馆工作，为我的部族提供了很多帮助，我也希望像他一样成为对部族有用的人。"

　　油灯火苗微微跳动，衬托着我脸上微微抽动的肌肉，这……是为部族之崛起而读书啊！

国之瑰宝：清凉油

2014.3.18—3.20　基特曼斯胡普—费卢斯渡口

在基特曼斯胡普，我经历了进入纳米比亚以来最疯狂的一次食物采购。那是3月18日上午，我走进了城里最大的一家超市。

超市其实也不算大，但这是抵达纳米比亚边境之前，我遇到的最大的超市了。看着眼前并不算琳琅满目的商品，我想着马上要离开纳米比亚了，无论如何得犒劳一下自己，于是咬牙大购，买了甜点、花生酱、零食、比萨，一结账，总共花了50纳刀，折合人民币将近25元。真是可怕的销金窟啊。

离开基特曼斯胡普，风向开始变了，骑行变得越发艰难，而且休息区也变少了，从10公里一个到20公里也不一定有一个。

休息区有遮阳的小棚子，这是旅人唯一能找到的阴凉地，也只有在休息区才能遇到停下的车辆，要到一些紧缺的水或食物。

这一路上我在休息区非常受欢迎，这得感谢我随身携带的国之瑰宝：清凉油。

在塞海姆（Seeheim）附近的一个休息站，我曾遇到一个司机，当时他正在卡车上休息，大开着车门，袒胸露乳，抱个酒瓶子呼噜噜地打着鼾。我以为他睡着了，便轻手轻脚地想绕过去，谁知刚一走近，他突然圆睁双眼，对我大喝一声："你好！"声如洪钟，吓我一跳。

原来人家在闭目养神呢，我很纳闷地问他，干吗抱着酒瓶，这么干热的天喝酒不烧喉咙吗？对方憨憨一笑，说："开车太累了，得喝酒提神。"

我再一次露出"世界真奇妙"的表情，《天龙八部》里乔峰越喝酒越有劲儿，我以为只是小说呢，想不到在非洲还让我碰到了个现实

版的。

遇见非洲"乔峰"让我有种莫名的喜感，于是从包里掏出一盒清凉油涂抹在他太阳穴上，并将剩下的塞在他手里。"以后开车疲劳的时候就用这个吧，别喝酒了。"没想到非洲"乔峰"一看到清凉油居然两眼放光，"嗖"地一下起身接过，还对我连声道谢！

出国之前我就听说清凉油在热带国家非常受欢迎，一直被称为"中国油"，有些地方还可以当作硬通货，比当地货币还好使。路过中国营地时经常会得到一两盒清凉油，但一直没怎么舍得用。只不过随着越来越接近终点，天气凉快起来，渐渐也就用不上了。再加上前不久刚整理了行李，正好从包里挖出几盒清凉油，于是索性做个人情送了一盒给非洲"乔峰"。能送给需要的人，反而觉得它有了价值。

只是没想到非洲"乔峰"看到清凉油会如此欣喜。只见他小心翼翼地把清凉油收进上衣口袋，然后示意我等一等，就回到了车里，再出来的时候，手里捧着一堆水果，一边说着谢谢一边塞给我。

看得出来，他真的很高兴，我也很高兴，看到祖国的小玩意儿能让异国大叔如此着迷，我心里充满了自豪感。

无独有偶，快到口岸时我还遇到了一个南非的大货车司机，同样是疲劳休息，占着休息点唯一的躺椅在睡大觉，但没抱酒瓶，目测是个正常人类。那天是中午，我困得不行，便也顺手给了他一盒清凉油，想让他清醒了快走，别影响我睡觉。

大叔见到清凉油也是喜出望外，觉得受了我的恩惠，非要报答我。而他报答的方式实在令我震惊：他要陪我聊天！这大叔话痨一个，聊起南非来是手舞足蹈、声情并茂，说到激情处喳喳大叫，可真郁闷死我了——最终我也没睡成觉。

不过这大叔临走又给了我一罐牛肉罐头，这是我到非洲后第一次吃肉罐头，感觉味道比国内的强多了，只是隐隐有股清凉油的味道，不知道是不是心理作用。

　　告别了话痨大叔，我已经非常接近纳米比亚国境线了，逆风很强，山又多，骑得非常艰难。沿途的景色也逐渐从草原变成了戈壁，随着夕阳西下，戈壁滩染成了血红色，美不胜收。

　　话痨大叔的罐头给了我很充足的能量，我决定继续夜骑，无论如何，不到边境不罢休。

　　这几天恰好是月盈，夜路很好走，不容易感觉疲劳。虽说月明星稀，但非洲的星空丝毫不想把天空只留给月亮，众星捧月，非常绚丽。南半球的星空虽然让我略感陌生，但是抬头依然能轻松地认出猎户座大十字，这是我唯一熟悉的星座。

　　在这片异国他乡，有认识的东西，感觉真好，哪怕只是几颗星星。

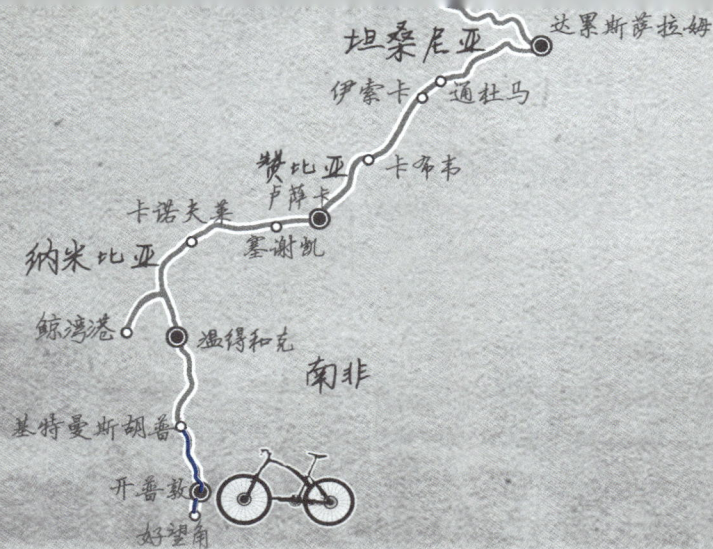

坦桑尼亚　达累斯萨拉姆
伊索卡　通杜马
赞比亚　卡布韦
卡诺夫莱　卢萨卡
纳米比亚　塞谢凯
鲸湾港　温得和克
南非
基特曼斯胡普
开普敦
好望角

南非
直到世界的尽头

80km/h

好运，从下坡路开始

2014.3.21—3.23　费卢斯渡口—斯普林博克

路上总有人说："你骑得这么远，真有毅力。"其实在我看来，做自己讨厌的事情才需要毅力。我热爱旅行，享受着路上的风雨和彩虹，各种欢乐与艰辛，享受着旅途中的一切。在旅行这件事情上，我没有什么毅力，只有激情。

2014年3月21日，在离家11个月后，我终于抵达了南非——我行程单上的最后一个国家。

进入南非前的几天走了不少夜路，睡眠有些跟不上了，导致21号当天早上起不来，直到太阳将帐篷内晒成蒸笼才爬了出来，依然感觉有些没缓过劲儿来，想到还有30公里才到南非，激动之余也略微有些沮丧。

然而这沮丧立刻一扫而空。没想到昨天睡觉的地方是个类似垭口的位置，上路之后一路都是下坡，一直到口岸都几乎都没费什么劲儿。骑长线的人往往并不喜欢下坡，因为下坡有多少就意味着将来的爬坡有多少，但是看到南非口岸越来越近，心情开始变得愉悦。

口岸小镇十分简陋，全是铁皮瓦和茅草拼的房子。镇上只有几家小商店，货物稀少，价格昂贵，但是这里的办事效率却极高，堪称我所经历的"非洲之冠"。离境时填张表，再过一条名叫奥兰治河的边境河就到了南非，入境表都不用填，直接盖章，还免费送一份南非地图，真是出乎意料地顺利。

过了口岸，用5%的手续费兑换了南非兰特，然后找了路桥下的涵洞，将车子推进去避暑休息，直到大概下午5点时出发，开始了我的

南非之旅。

在南非西北部，一路都是和伊朗一样的石山地貌，此时大约5级的风力，我顶风慢慢地在乱石头山中爬行。离目的地很近了，我也不是特别着急。

到下午4点时，天上下起了小雨，正好路边有个农场，我想着去看看能不能在农场过夜，于是骑了大约2公里下去，在几栋小洋房旁的一个大仓库见到了农场主——一个40多岁的白人男子。

他痛快地答应了我在农场过夜的请求，把我领到他的仓库里，让我在那里搭帐篷。仓库里堆的都是大型农用机，他也没管我，在一旁

在石头山中苦苦爬行

修理机械，一直到天色渐暗才忙完，然后似乎突然想起我来，便邀请我到他们家中喝红茶。

想不到农场主大叔对中国还有些了解，一边喝茶一边和我聊中国现当代历史。然而很尴尬，我的英文很一般，他的英文似乎也不咋地，很难就这个问题进行深入的探讨。有一搭没一搭地说了会儿话后，我就回仓库睡了。

那天，雨下了一夜，听着外面的风声雨声，我真庆幸找了个风雨不侵的地方休息——最重要的是，这里居然还能充电。

早上起来，告别了农场主大叔继续赶路，下午时抵达南非西北部枢纽城市斯普林博克（Springbok）。

我对这里的治安情况不熟悉，不敢随意在路边搭帐篷，所以还是打算找个安全的地方露营。正好路过一个警察局，便将车子放到警局门外，想进去了解一下这里的情况。

我刚停下车，就看见一名面相冷漠的警察走出来，于是我立刻问道："能不能帮我看一下这附近哪里适合露营？"

没想到对方竟反问我："你是哪个国家的？来做什么？"

我告诉他："我是来自中国的旅行者。"

"中国？"警察听说我从中国来十分高兴，看了我的护照然后强烈邀请我在警局露营。于是，警察亲自为我在警局内找了宿营地，还热情地为我介绍了厨房、浴室、厕所的位置，然后又和另外一个警员嘱咐了好一会儿才离开。

目送警察离开后，我兴奋地"耶"了一声，找出干净衣服，久违地洗了澡，全身清清爽爽地坐在帐篷里吃水果，感觉今天也是美得冒泡。

风雨兼程南非路

离开了斯普林博克继续前行，依旧是一片片跌宕起伏的石头山。中午时到了一个环山而建的镇子，犹豫要不要住在镇上，来回转了几圈，看时间太早，还是离开了继续骑行。

到了下午，逆风变得很强。天上也开始积起了厚厚的云层，气温一下子降得很低，云越来越厚，可以看到远处有几片云在下雨。远远望着一片片的秃山，我心中有些郁闷。离开城市，这里越发地广人稀，经常几十里不见人烟，连个农场都没有，再加上这种风雨天气，扎营地的挑选就成了一个问题。

就在我发愁的时候，渐渐地又开始下起了小雨，我感觉更冷了。快日落时，终于找到了一处路下的涵洞，我一咬牙，聊胜于无吧！于是就在涵洞下撑起了帐篷。

涵洞要比公路低好多，看起来有被雨水冲刷的痕迹，那一夜我一直惴惴不安，担心会不会有暴雨引发山洪，冲走我这条小命。整整下了一夜的小雨，令我总是担心桥下被淹——因为我有朋友曾经在干涸的河床上搭帐篷，夜里下暴雨，他连人带帐篷都被山洪冲出去，差点丢命。因此，我睡一阵子就醒来用手电照照外面直到天亮，真是闹心。

好在这天晚上虽然下了些雨，但淅淅沥沥的不算太大，也没有山洪暴发。到了早上依然是云卷雾腾，我穿着雨衣顶风而行，两腿都有些麻木了，疲劳感反倒因此降低了许多。

吭哧吭哧地翻了几座山到了一个很小的镇上，由于气温低，我换上了长裤和旅游鞋，鞋子一直在包的下面压着，鞋底开胶严重但好在

姚老板看起来像高中生一样年轻

磨损不厉害，不舍得扔。正好镇上有家中国商店，于是我就想进去看看有没有便宜的绿胶鞋。

这家中国商店的老板姓姚，看起来像高中生一样年轻，对我非常热情，他遗憾地告诉我："这里没有胶鞋。"我立刻露出一副失望的表情，姚老板马上拍拍我肩膀说："但是店里有很多新的旅游鞋，可以免费送你一双。"

他卖的鞋大都不防水，对我来说还不如旧鞋穿着舒服，收下反而是累赘，便谢绝了。姚老板似乎因为没有帮到我略带了些歉意，还帮我泡了袋方便面，临走时他又给我拿了4包方便面，几包零食和1张当地的SIM卡。同胞之情，真是让我很感动。

过了斯普林博克，我就一直在和风雨做斗争，住宿的地点也在涵洞和警察局之间切换。直到29号，天上的云终于慢慢变薄了，但风还是很强，我舒了半口气，继续前行。

我一路边走边找避风的涵洞，都不满意。眼见天色已黑，幸好在离主路3公里的地方发现一个镇子，便决定去那里找警察局过夜。

到了镇上，满街都是流浪汉，我小心翼翼地穿过人群找到了警察局，没想到他们竟然拒绝了我的住宿请求，甚至连充电都不愿意帮忙，真是意外！

看来在他们眼中，我也只是个进阶版的流浪汉吧。最后出于安全考虑，我在警察局隔壁的停车场放下了帐篷。

这一觉睡得很不安稳，半夜的时候总感觉到有人在帐篷外来回走动，自言自语，难道碰到坏人了吗？我心里惴惴不安，偷偷拉开帐篷

南非的单车，不要跑得太快

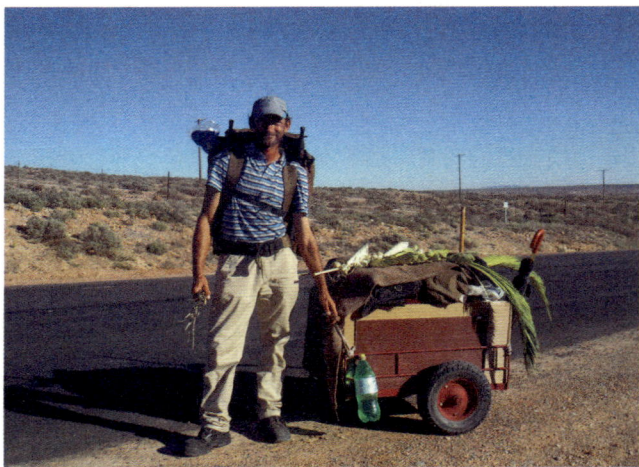

2014年3月28日早上离开小镇，遇到一个拉着车行走的大叔，比起旅行者，我觉得流浪者更适合他

的一条小缝看，哦，是3个男人，样子很像流浪汉，他们在干吗？为什么一直待在我的帐篷边？

我从包里掏出了前不久削的木刀子，目不转睛地盯着帐篷外面。

然而过了很久他们都没什么动静，我的眼皮却越来越重，没多久就睡着了。

醒来的时候已经大清早了，第一件事情就是检查帐篷，没有被动过，我暗暗庆幸。拉开帐篷，只见3个流浪汉挤坐在我的帐篷边，这时我突然意识到，我昨天似乎侵占了他们的领地。他们在我帐篷边走来走去，是因为我这个突如其来的入侵者让他们不知所措啊！

唉，真是惭愧。

不过他们看我起来不但没有埋怨我，反而起来热情地帮我收拾帐篷。或许我们都是自由之国的臣民，和流浪汉相处比起和城市里的人相处要轻松愉快多了。

开普敦之大，竟容不下一顶帐篷

2014.4.1—4.3 开普敦—好望角

顶着小雨，沿着N7公路进入开普敦，一路想的都是住宿问题。中午进了个加油站，边充电边和员工们聊天，想获取一些好望角的旅游信息。大叔们很热情，气氛不错。他们告诉我附近有个中国城，那里的中国人一定可以帮助到我。

按照他们指的路，我找到了名为中国城的一片商业街。其实街上只有一半的中国店铺，快6点了，很多店铺都关门了。只有一家中国餐馆还开着，餐馆老板是个姓陈的女子，年纪和我差不多大，看到我后她非常高兴，热情地邀请我晚上和她们一起吃饭。

我当然是欣然接受。

晚餐时，一桌加我共7个人，有中国城的大佬——刘伯伯（据说他是最早到南非的中国人，已经生活了60年），还有他的女儿、女婿和一些朋友，菜上了11道，非常丰盛。据陈老板说，厨师听说了我的事很振奋，使出浑身解数要招待好我，让我一定多多地吃。

桌上的气氛很好，大家都说我好辛苦，得多吃点菜。我一开始还想矜持一番，看着眼前久违的中国菜终于还是没有把持住，风卷残云般地敞开肚子吃了个痛快。

一个小时后，我捧着鼓鼓的肚子，幸福而满足。

对我来说，能在离家万里的地方吃到正宗的中国菜无疑是幸福的，但是这种幸福就像是扑克中的二十一点一样，把握住度是最重要的，一旦幸福太多了，爆了，那么全都变为不幸了。我之所以会突发这样的感慨，是因为当时我已经把自己吃爆了，肚子胀得很痛苦。

饭后，刘伯伯的女儿刘大姐带我到了她订的台湾人开的民宿，是

一个漂亮温馨的小别墅，倒是没有普通旅社那种呆板的感觉，让人非常放松。好好洗了个澡，充上电，用手机看电子书到很晚才睡去，那时，我有一种回到家的感觉。

然而这种感觉随着离开中国城便立刻消失无踪了。

越是往南走，越能看到开普敦这座城市的丰富与美丽：干净的海水与沙滩、热闹的码头、威严的炮台、各种风格的建筑。沿海的景观列车都被画满了艳丽涂鸦。我沉浸在美丽的风景中，这些天来被大风大雨和住宿问题搞得非常疲惫的心灵也前所未有地放松下来了。

我没有想到，我在南非的住宿难题将会在今天达到一个顶峰。

离开开普敦市中心后，进入山区，很难找到平坦的空地。在路边看到了一家高档餐厅有空旷的停车场，于是我就跟餐厅经理商量可否住在他们附近，对方很认真地给老板打电话，最后为难地告诉我，他们能为我提供的帮助最多只是请警察来帮我解决问题。

我略有些失望，却也没太沮丧，便沿着海边公路推车到了一个营地区，隔着铁丝网能看到很多房车、扎好的帐篷在里面，在射灯

下，能看到有夫妇带着孩子在野餐。我问门卫是不是可以让我在里面扎帐篷，门卫很为难地说，住在里面需要提前预订，住在外面是违反规定的。

真是霸王条款啊。我也不想再为难他了，于是继续在黑暗中推着车走。

也不知道走了多远，我发现路旁有一块平坦的草地，似乎还有个

越是往南走，越能看到开普敦这座城市的丰富与美丽

牌子。是宿营地吗？我兴奋地想，离近了用手机一照，发现牌子上的字是：小心狒狒！

我差点气晕过去！连野生动物都来跟我抢地盘，开普敦之大，竟容不下一顶帐篷吗？！

我真的生气了，于是很赌气地在牌子后面搭了帐篷。狒狒？管他呢！

开普敦地标，桌山

好望角，绝望角

快到好望角的时候，我的自行车终于撑不住了。

在肯尼亚跟乌克兰人一顿猛骑之后，我的车就落下了病根，一路修修补补到南非，终于它还是不行了——先是后轴嘎嘣嘎嘣地不停地响，接着后轴的损坏直接崩断了快拆杆，最后已经到了骑十几步就得下来松松螺丝的地步了。

幸而此时我已经到了好望角景区。

经过漫长的上坡到了景区的检票口，在最后一段煎熬的骑行后，我见到了"CAPE OF GOOD HOPE（好望角）"的牌子。

这就是旅途的终点啊！整整一年，18000公里，我终于来到了好望角。

曾经，我以为我会喜极而泣，趴下来亲吻好望角的土地。然而并没有，我的心里突然变得空落落的。叔本华说：人生就像钟摆，在痛苦和空虚之间摇摆。经历了一年多艰辛的骑行，来到这里后，我没有感受到丝毫达成目标的喜悦，反而突然觉得失去了一切追求，被漫无边际的空虚所淹没。

而好望角本身也丝毫无法令我激动起来。这里地方很小，一辆接一辆的大巴车把游客塞在这里。好望角毫无景色可言，唯一能表示出它的不同的就是那作为地标的半人高、4米来长的木头牌子，游客们满怀兴奋地摆出各种姿势抱着那个木头牌子照相。

我也未能免俗地在嘈杂声中带着我的一车破烂在这里留下了照片做纪念，只是脸上写满了空虚。

整整一年，这就是旅途的终点了

对于达伽马来说，这里是通往新航路的起点，是寻找黄金与香料的转折之路，是他的"好望角"。但对我来说，这里是漫长旅途的终点，是所有目标的湮灭之地，是我的"绝望角"。

另一件让我感到无比绝望的事——我的自行车已经离散架不远了。

在我从好望角回开普敦的路上，自行车的问题越来越严重，刹车架子磨断了辐条，轮子摆动非常厉害，我不得不将后刹车碟片和刹车架子都拆掉。骑着这辆摇摇晃晃的"濒死之车"，骑一会儿，推一会儿，然后就得停下来修一会儿，给它续会儿命。

我一边照料着单车，一边回望着好望角，心中只有近乎屈辱般的悔恨。

曾经定下了骑至好望角的目标，用了一年时间接近开普敦，最后一周车子的问题日益严重，却仍然不顾一切地去冲刺，无数次假想到终点的感觉，却从没想过，到达终点后的我却得推着报废的自行车离去。

感觉就像是我为了达到目标，不惜牺牲了最好的朋友。

上一次请人修车还是在肯尼亚，车轴断了，那时候虽然郁闷，但损坏的都是损耗件，好更换。那时换的车轴没有快拆，直到在纳米比亚温得和克的CYMOT店里买到了大部分单车配件，却嫌维修收费昂贵，而选择自行更换配件，但是没有黄油，加上没有擦净钢珠，将就地换上了快拆轴而埋下了隐患。

从温得和克到好望角之间都没有单车维修店，路上虽然为车轴的损耗日益严重而担心，却也随着好望角的接近而被冲淡。

到好望角的前3天，问题爆发了，一颗钢珠被挤碎，其他钢珠也不断地磨损并刮花滑道，甚至有时当堵塞车轴完全转不动时，整个快拆轴便开始刮着车架子转动，车轴的螺丝也经常散开挤压快拆。

第二次发生严重问题是在距离好望角仅40公里处，散开的螺丝将快拆生生崩断，车轴转动越发艰难，我取掉了一截快拆座勉强支撑，心中只想尽快到达好望角。

在快拆夹不住车架时，车轴开始肆无忌惮地磨损车架了。当我发现时，车架两侧的凹槽已经被磨掉8毫米，导致两侧高低不平而轮胎偏转，5根车条几乎全部被刹车架磨断。

问题的发展远远超出我的想象，到达好望角时已经是强弩之末。一路却拦不到一辆车载我一程更是令我心冷。

单车的哀鸣

在返回开普敦的路上，当我又一次停在路边修车时，一个骑公路车的光头胖子飞快地从我身边掠过。看到我后很快又骑了回来，我抬起头，对方身高和我差不多，体重约300斤，长相憨态可掬。

他微笑着问我是否需要帮助。当知道我车子的问题后他很震惊，怎么能坏成这样？坏成这样还怎么骑？别说他只带了个打气筒，就是有工具也是回天乏力啊！最后他说，他家就在附近，那边有个自行车维修工作室，或许能帮上我。

他的话给了我希望，于是我断断续续地跟着他，或骑或推，在天黑时总算见到了那间工作室——一座初中学校里的小木屋。白胖大哥拨打了主人的电话，不久，一个头上扎着脏辫儿的大哥骑着公路车来了。这家伙身高接近一米九，长着一张印第安人的脸，声音很沙哑，30岁的样子，名字叫詹姆斯。

詹姆斯一来便告诉我，他的工作室没灯，夜里无法工作，只能等到第二天白天帮我修。我心情本来就不好，暗自吐槽：那你干吗来了啊？眼见天黑了，便问他们可不可以在学校里搭帐篷，他俩都是这里的原住民，和学校的人都很熟，很快帮我得到了校领导的许可。

那一晚，我的心情无比懊恼、沮丧、烦躁，在修车工作间拆开单车时见到的惨相，让我愧疚得无法面对自己。

第二天我早早醒来时，车子已经在詹姆斯的工作室里动大手术了，我没有问价格，只让他尽量去弄。他工作时看起来细心倒显得有些笨拙，工具、配件也并不充足，车轴、珠子、快拆都是从旧车上拆

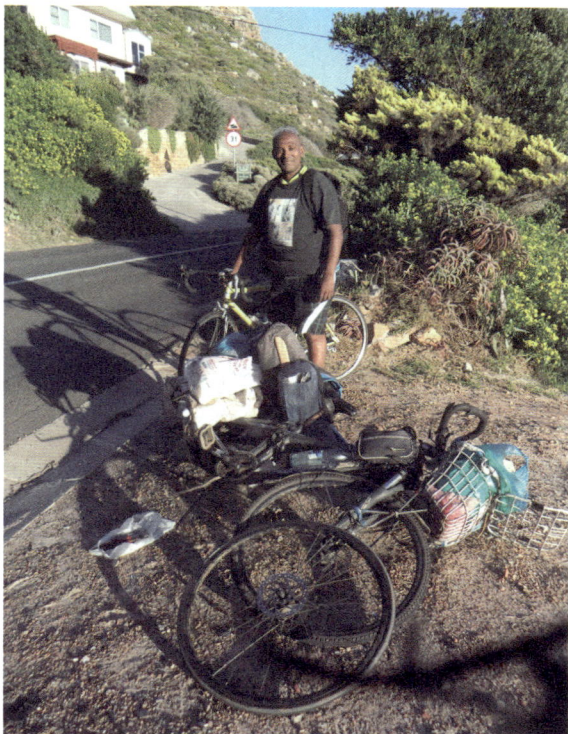

正在路边修车时，一个骑公路车的光头胖子飞快地从我身边掠过，看到我后很快又骑回来

下来的。但他的态度非常认真，没有修车店人的油滑势利，工作室都是靠热情撑起来的嘛。

大修了两个小时，结局并不理想，需要更换的部分太多，有的工具他这里也没有，只好跟我说他去找他的朋友要点配件，明天继续来给我修。

于是，晚上我在詹姆斯的小木屋里搭了帐篷，想要陪着我的单车，毕竟这一路的风风雨雨都是它伴着我走过来的，对我来说，它更像一位朋友。

第三天，我依然早早醒来，詹姆斯来得也很早，还带来了配件，不过依然是旧的。花了一上午的工夫，几个主要问题虽未完全解决，却也专业地对付了过去，车子也许可以多跑个三五百公里，总算是能骑了。

道别了詹姆斯，又有点失去目标的感觉。幸好订到半个月后从约翰内斯堡（Johannesburg）返程的机票，也算是有了之后的方向吧。离19日的回程飞机还有两周，要骑行的话时间太少，要闲坐着打发又有点太久了。而且由于约翰内斯堡的治安世界出名的差，我也不想太早过去，便决定多在开普敦转悠几天。

于是我又骑到海边去转公园，看人们像下饺子一样玩耍。路过一个热闹的集市看到有一个大婶带着几个孩子在卖艺乞讨，大婶的脸上

詹姆斯工作时看起来细心得有些笨拙

和身上画着奇怪的花纹，专心地拍着一个1米高的破旧的非洲鼓，一个孩子脚上挂着铃铛在跳抖腿舞，还有两个孩子蹲在一旁玩石头，似乎等着接力。很多游客将钱放在盆子里，看起来收获不少。

　　傍晚骑到了桌山附近离公路较远的一片小树林中搭了帐篷。这个位置很隐蔽，附近人又少，我非常满意。晚上就骑到3公里外的便利店里，买些吃的，然后拜托店员帮我的充电宝充电，开始有两家拒绝了我，似乎认为这个高科技很危险。最后帮我的是一个便利店里的来自索马里的打工仔，越是在外漂泊的人反而更愿意去帮助别人呢。

夜遇抢匪，木刀对匕首

2014.4.9—4.11　开普敦

沿着海边向着开普敦市中心走，一路上到处都是流浪汉，用各种塑料布搭成简易的窝棚住在路边的老炮儿，背着包漫无目的地溜达的新人，还有在垃圾桶里装满行李推着走的新迁户……这都是我的同行嘛！

晚上准备找宿营的地方，却悲伤地发现但凡合适的地方都已经被"同行"们占据了，最后在高速公路附近找了一块暂时无主的地方安营扎寨。

然而到了晚上，突然听到有人在试图拉开我帐篷的拉链！看样子应该是我那些流浪汉"同行"，似乎是想要来新的邻居家里串串门。我这可不欢迎串门，于是我打开电筒在帐篷里哇啦哇啦一阵后，把"同行"给轰跑了。

后来想想，我那时的样子活像个正在保卫领地的公狒狒。

第二天晚上，我依旧在高速边扎营。

这天夜里，我听到帐篷外面传来嗞嗞嗞的声音，还有人在低声耳语。我本能地将自己弹起来，迅速睁开眼判断情况。

莫非又是来"串门"的？

虽然不知是什么情况，但肯定不是什么善类。我轻轻地拉开帐篷一看，有三四个黑影在外面，其中一个正在割我的驮包。

由于我的驮包里都是衣服、炊具、修车工具、备用零件、书籍等不值钱的玩意儿，而且都用绳子绑在货架上，所以扎营时一直都和车子一起放在外面，遇见大雨、大风等恶劣天气才会摘下来。

一看这是遇到贼了，我立刻故伎重演，做出一副公狒狒的样子，大喊了一声想要吓退对方。

没想到对方十分凶悍，见到我醒了不仅不跑，反而怪叫着拿着匕首往我帐篷里比画，嘴上还反复吼着："钱！钱在哪儿？"

实在是太嚣张了！我当时也是气得脑中一片空白，抄起手头的木刀一下子捅在外面人的身上。同时仍然声嘶力竭地发出"啊！啊！"的战吼。

这帮匪徒似乎被我的煞气镇住了，正好一个坏家伙生生地扯出一包东西，几个人似乎看到有收获便一起跑了。

我光着脚撵出帐篷，却实在追不上人。回去检查驮包时，发现两条腰带粗的带子已经被割断了一半，驮包里的修车工具全被抢走了。

这些工具对我来说金钱难买，对他们却只是废铁一堆啊。我站在车旁边，感觉贼并没有跑，而是在黑暗中看着我。

我上一次旅行的时候，曾经在尼泊尔被抢了护照、手机、相机、银行卡等贵重物品，随后用钱将之一一换回。于是这次也抱着一丝侥幸心理，用英语对着黑暗中喊："你们拿走的工具对我很重要，我愿意用钱买回来，出来谈谈吧。"

可惜黑暗中无人回应。这帮胆小如鼠的贼！

没有办法，只能等天亮问问附近的流浪汉愿不愿意帮我传个话做交易。

我回帐篷睡了一晚，到天亮起床出帐篷时，发现非常多的流浪汉分散着站得远远地看着我，我向哪个方向靠近，哪个方向的人就会退开。

我向他们表达出我想要买回修车工具的态度，却没有得到丝毫的回应。当流浪汉继续增多时，我也感受到了压力，果然只能放弃了吗？

随后在街上找到一位警察求助，对方也是一筹莫展地告诉我，没有办法啦，赶快放弃吧。

好在我这个人比较豁达，当一件事过去之后，只会留下经验教训，而不会留下什么负面情绪。我花了一小会儿时间调整心态，又去了一个古生物博物馆溜达了一圈，很快把这事儿抛在了脑后。

夜里在郊区一个山坡上的林子里搭了帐篷，附近人很少，又隐蔽，应该不会再出现流浪汉合伙抢劫的事。美中不足就是旁边尽是坟地。

死人不会爬出坟墓来打劫我。至少在这里，他们可比活人要好相处得多。想到这里，我更安心了。

英语很烂的中国年轻人

4月12日，我在坟地边上兴致勃勃地看了大半天电子书，享受着难得的安宁。一直到下午才出发，沿着N2公路向火车站前进。

当天晚上，我还是在公路附近扎营。不过这次吸取了教训，在山坡上找了一个十分隐蔽的地方搭了帐篷，免得再遇到匪徒。结果没睡多久，又听到帐篷外有窸窸窣窣的声音，我再一次条件反射般跳起来，却被强光手电隔着帐篷闪了眼。

这次来的劫匪装备还挺先进啊。我心想着，摸出手边的木刀。

结果冲出帐篷一看，迎面走来的，居然是警察。

这警察（后来知道他叫布鲁克斯）拿电筒照着我的脸，观察了很久，然后问了我3个哲学上的终极问题："你是谁？从哪儿来？到哪儿去？"

我非常迅速地回复他："我是一个从中国来的旅行者，我骑自行车从北京出发到好望角，现在刚从好望角回来要前往开普敦火车站坐火车去往约翰内斯堡，到那里坐飞机回中国。"

"哈？"布鲁克斯被我一串绕口令一样的回答绕晕了。

我也是心急，想赶紧说完好让他把刺眼的电筒光从我脸上挪走，可是我英语说得本来就不够硬，这一绕，警官可完全蒙了。

我只好又重新慢慢地解释了一遍。

这一次，布鲁克斯听懂了，他变得十分热情，一定要带我去社区服务网点过夜。睡到一半被打扰是很闹心的事情，别提还要收拾帐篷换地方。但他们无视我的拒绝，以安全为由要求我配合。我也只得推起车跟着他走了。

警察得知我是来自中国的旅行者后，十分热情地带我去社区服务网点过夜

　　前往服务站的路上，布鲁克斯仿佛闻到了我身上散发出来的味儿，鼻子一抽一抽的。我算了一下，上次洗澡还是在5天以前，由于南非气候凉爽，不洗澡倒也不难受。

　　过了有一会儿，布鲁克斯才问我："你是不是需要洗个澡？"

　　"当然，我都快发酵了。"

　　"哦，是吗？"布鲁克斯假装没有注意到我身上的酸臭，"服务站那儿有个浴室，你待会儿可以用。"

　　"那真是太好了，谢谢。"

　　"不用客气。"

　　其实我在旅行中并不喜欢洗澡，大都只是在睡前用冷水擦一遍身子。这个过于舒适的行为会破坏我紧绷的神经，对恶人、疾病和意外

社区服务站的警察们

的警惕性都会降低很多，但眼看旅行就要结束，也不介意放纵一把。于是，在社区服务站，我美美地洗了个澡，睡了个安稳觉，第二天，社区警察开车把我送到了火车站。

警察护送，让我想起了去年在巴基斯坦的经历。想不到我的旅途尾声居然和开篇遥遥呼应。

目送警察离去后，我买了第二天的火车票，在火车站的长椅上睡了一夜，早上将自行车作为特殊行李托运后，我也登上了前往约翰内斯堡的列车。

托运费很便宜，虽然已经是个破烂车了，但还是反复叮嘱物流的人轻拿轻放不要弄坏。

有趣的是，这件事情后来成了当地一个小小的新闻，被社区居委会写成了博客挂在了官网上。听闻此事，我立刻来了兴致，找到他们的博客地址，还真翻到了那篇文章：

　　（以下内容引自南非居委会的博客日志：http://www.gscid.co.za/chinese-tourist-experiences-gscid-hospitality）

Chinese tourist experiences GSCID hospitality

During a routine patrol of the GSCID precinct, Operations Manager, Charl Brooks this past weekend came across a pitched tent on the verge of the Mowbray off-ramp to the N2. Initially Brooks thought it to be another squatter setting up home but on closer inspection he discovered a young Chinese national who could speak very little English. Upon further questioning Brooks established that the young man, Yang Yu, is a tourist in the Mother City. Yu shared that he had journeyed around the world on his bicycle and that he had recently completed a cycling leg from Namibia to Cape Town, his last stop before heading home to China.

As the man had last had access to bathing facilities 5 days earlier, the GSCID offered him a shower in their new social facility under the N2 bridge and transport to Cape Town station to board a train for Johannesburg before flying home.

"We were happy to show the visitor our warm Cape Town hospitality and to help him on his way." said Brooks.

　　看到我的故事从布鲁克斯的视角描述出来，真是感觉十分新奇。只是"英语很烂的中国年轻人"这个描述实在让我有些尴尬，我还一直以为自己英语水平还行呢，因为我总是觉得交流并不是件困难的事。

尾声——再见，非洲

　　4月15日凌晨，列车抵达约翰内斯堡。在车站里打个地铺睡到天亮后，我才去货箱领单车，然后离开了火车站。

　　此时，距离我回家的航班还有4天。

　　感觉传说中的混乱之都——约翰内斯堡，也只是个普通的大城市。这里的流浪汉倒也不少，但大多悠闲地在草坪上睡觉。但是我可丝毫不敢放松警惕。毕竟这里的随便一个门卫都是穿着防弹衣抱着冲

从货箱领回单车，我离回家的日子也一天天地近了

这里随便一个门卫都是穿着防弹衣抱着冲锋枪的

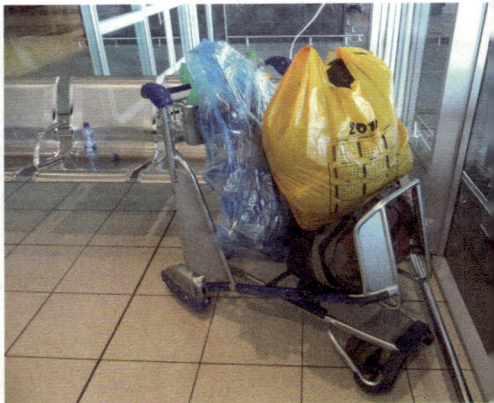

托运了单车，这些就是我的全部家当了

锋枪的。我经朋友介绍找到了中国城——一个很大的商贸城，这里的负责人是一位来自南京的袁师傅，他不仅同意我住在他们这里，还让我跟他们一起吃饭，总算又找到组织了。

于是接下来的这几天，我便按照自己的节奏，以中国城为核心，在约翰内斯堡随意晃悠着，信马由缰地度过了在非洲最后的时光。

直到4月19日——距离我离开北京1年零18天的日子，我告别中国城的袁师傅和多日来照顾我的同胞们，登上了回国的飞机。

再见，非洲。

4月20日，从阿布扎比（Abu Dhabi）转机后，4月21日落地北京。在机场装好车子，一路骑回到家门口。

又一个旅行年结束了。

附录

附录1

本次旅行的准备工作

装备介绍

1. 自行车：美利达野狼一号。

改装：加了个前车筐，并用灯箱布做了两个放水桶的袋子挂在前货架两侧。

优点：结实的中支撑、稳定的挡泥板。好的支撑可以让你随时并放心地离开车子。如果行李比较重的话，单侧支撑容易滑倒，很难保持稳定。

缺点：700c的轮径配件难买、前后铝货架易折断难焊接。

2. 前书包

卫生纸、日记本、书、移动电源、充电线、蜂蜜、果酱、炼乳、多用钳子、口琴、油炉工具、洗漱包（毛巾、牙刷、牙膏、洗衣粉、镜子、刮胡刀、梳子、大宝、指甲刀、发卡、头绳）。

如果有挡泥板的话，前书包就不需要防水了，下雨时用塑料袋盖住即可。由于前书包灵活方便，放的是最常取用的东西。像一些水果、零食，可以边骑车边拿来吃。

3. 横梁包

钳子、扳手、指南针、胶带、鞋带、铁丝、六角扳手3把、修车工具。

4. 背包

文件袋：护照、在职证明、资产证明、身份证复印件、睡袋、塑料袋、分体雨衣。

背包不需要防水，下雨时盖块塑料布在后面就可以了。

雨季时，雨衣尤为重要。虽然廉价的雨衣因不透气而容易导致身体被汗水打湿，但是它也能很好地在极端恶劣天气下保存住体温。

5. 驮包1号

短裤、长裤、抓绒衣、冲锋衣、衬衫各1件，5本书。

户外锅、盐、味精、面条料各1罐、油炉、汽油瓶、菜板、刮丝器、白糖。

应急食品：巧克力、方便面、罐头。

6. 驮包2号

帐篷，不常用的双人帐放在包中。

我有两个帐篷。自带的帐篷快坏了，于是路上买了一个新的。新帐篷质量不好，旧的又舍不得扔，结果两顶帐篷一直背到旅行结束。

杂物盒：菜鸟钓鱼套件、鱼线、鱼钩、鱼饵、万用胶水、手电、18650电池和充电器、绳子、针线包、行李带、内胎2条、补胎片、来令片、碟片、各种螺丝。

强光手电对我来说只是个玩具，一般只要有月光我就可以走夜路了。

药品：头疱克洛缓释片、藿香正气胶囊、盐酸小檗碱、维生素B、维生素C、清凉油。

电器盒：数据线、电池、充电器插头、USB万能充、多用读卡器、水笔芯。

腰包：相机、手机、钱、刀、墨镜、小记事本、笔。

7. 一些外挂小件

太阳能板2块和移动电源2块，太阳能板受天气影响很大，我在非洲大部分时间是阴雨天气，发挥不了作用，天气好时一天可积累1000多毫安。事实上带2块20000毫安的移动电源充一次电就够我用10天了。

拖鞋，能覆盖脚面的拖鞋，在摔车时多少能起到保护作用。毕竟对于骑行者来说脚上的伤口更不容易痊愈。

打气筒、行李捆扎皮筋（用废的内胎就是非常好的捆扎带）、密码锁、码表、塑料布2块，大一些的下雨时盖在帐篷上做防水，小一些的垫在帐篷下做地席。

挂在背包两侧的塑料袋，东西放在里面拿取方便而且不会被压变形。常放米、面、蔬菜、水果等食材，自己做饭的话两天的食材要4公斤左右。保持左右重量一致，在颠簸的土路上也不会掉落。

附录2

1. 旅行中吃什么？

我对于饮食的标准很低，对口味没有要求，不愿意在这方面多花钱。

出于对免疫力的自信，我饮用的水大都来自于井水、河水、自来水。即便是曾经在号称水中微量元素最丰富的印度也是一路喝生水稳稳走过。但这次非洲的条件还是令我差点坚持不住。当地很多原住民的饮用的水仅仅是从附近的小水洼中一碗一碗捞起来的，沉淀一天也是茶色，含在口中是淡淡的温咸味道难以下咽。可是每当想到当地人都能够毫不在意地饮用，我又有什么理由太过娇气呢？

吃饭上则是买便宜的食材，然后用汽油炉烧火做饭。秉持着吃多了浪费的原则，我每顿保持饭后3个小时不饿的标准。

像巴基斯坦这样人口密度很大的国家，经常有商人和清真寺对穷人布施食物。

在埃塞俄比亚高原骑行时，我曾对于"肉"的本质有过一番研究。我发现了这类食材的价格普遍高于果蔬的原因——它本身是一种作料啊！煲汤的时候加了肉就是肉汤，煮粥的时候加了肉就是肉粥，炒菜的时候加了肉就是荤菜。关键是每次出锅时将肉捞出来沥干，可以反复用七八次！

这一研究发现令我的旅行生活发生了质的改变，我每周都会买5块钱的肉，生活一度奢靡不已。可惜后来到了气温高的地方，早上买的肉晚上都变了味道，再不能使用"作料法"着实令人扼腕叹息。

　　在炎热的地区买得最多的是西红柿，因为我习惯早上把中午的饭做出来，气温高的话，饭菜到中午会发出馊味儿。但是加了西红柿，味道怎么变也还是番茄的酸爽，反而令人感觉食欲大振。可惜到了非洲西红柿也并非随处可见了。

　　非洲的汽油质量很差，导致汽油炉经常罢工。开不了火的时候，我会赶在饭点，看谁家在生火。然后拿着锅和食材去请当地人借个火或者顺便料理了。

　　一般我随车的食品或食材常备两三天的分量，当我喜欢一个地方或者单纯不想走时，我有停下来的资本。如果走一些无人区的话，食品还要比计算的分量多带一些。食物和水准备不足可能引发心中强烈的不安。

　　2. 住在什么地方？

　　旅行中有一半以上时间住帐篷，少数时候住旅馆，其他时间多是借宿于当地人家中或警察局或中国项目营地。

　　在治安很差的地方，我经常借宿在警察局中。成功借宿后要留下照片，再去其他的警局只要展示"先例"，对方就不会拒绝了。

　　人口稀薄的地方人际关系也显得珍贵，当地人总会非常热情。在伊朗城市以外的地区，基本上我停在别人家的门口，就会被邀请进去吃些好吃的。

　　在非洲时经常借宿在教堂中，因为那边的教堂大都没有门窗，简陋但是开放。

　　如果是搭帐篷的话，营地选择很重要。大城市搭帐篷容易被警察驱赶，难度会比较高。大型加油站如果能得到许可的话非常理想，水电网全包，说不定还能洗澡。我一般选择靠近工地的位置，这种地方多出个帐篷不会显得奇怪，被发现说不定还管饭。在僻静的小区停车场，藏在车后面的帐篷像是杂物堆，不容易被发现。城市外环的高速

路桥下，地面相对平坦干净，能避雨而且不会有人管。

城市以外就随意多了，气温高的话选择有着遮挡的地方，这样不会因为帐篷被太阳烤热而不得不离开。气温低的话自然希望早点晒到太阳。旱季睡哪里都无所谓，雨季时不要睡在低洼的地方。意外的降雨会极大地影响心情，像我这样用防不了雨的廉价帐篷的人最好提前准备一块能覆盖内帐的塑料布。

强烈的风雨中无论收、放帐篷都会令人很狼狈。更糟糕的是被意外的暴雨打个措手不及，一宿都要睡在潮湿的睡袋中。也许之后的一周都是阴雨连绵，导致一件干爽的衣服都换不上。这种时候一定要清楚，这些积累了无论是一天的还是一个月的痛苦，只要太阳出来晒上一个小时就会烟消云散了，因此只要撑过去就好了。

3. 关于疾病的应对

对于疾病，我有家传的一副灵药，名为观察观察。小病观察个三五天，大病观察一两个月，大抵就观察痊愈了。

旅行中，遇到寻常疾病我也总是如此应对，但常备药总还是会带一些。由于很少用，药品放在驮包深处。往往需要时却又因为放得深而懒得拿，便又进入观察观察的套路。

4. 关于通信和联系

旅行中每到一个国家都会办理当地的电话卡，开通流量包和家中联系。手机遗失的时候就去网吧发邮件留言，或者干脆给当地人钱请他们帮忙编辑个英文短信发到家人的手机上。

我在路上的时候，会每隔三四天给家里发个信息，内容大抵是我在哪里，要去哪里，很好。偶尔心血来潮多说一些，却也秉持着报喜不报忧的原则。毕竟相隔千里之外，说了不开心的事，家里人帮不上忙却只能徒增忧愁。

5. 旅行中的语言问题

我的母亲是英语老师，对我的英语教育很刻板，因此我从小就不喜欢英语却不得不掌握了基本的对话能力。但是在路过一些小语种的国家时，能遇到会说英语的简直有他乡遇故知的感觉。这让我重新认识到第二语言的重要性。

当然，在小语种国家，快速掌握一些日常对话更为重要。毕竟我在旅途中常常处于手机遗失的状态，无法通过技术手段弥补语言问题。否则一个手机翻译软件也可横行天下了。

机场或口岸的官员都能讲英语，我一般会在这时候学一些日常用语，比如"你好""朋友""吃什么呢""呵，真香啊""谢谢""我吃饱了""我是旅行者""可以在这儿搭帐篷吗""我没钱""我听不懂"等等。和别人交谈时，大都是为了获取信息或表达意愿，将谈话内容控制好，说自己熟悉的范围，便觉得交流很简单。

在日常用语之外，交流更多靠悟性，凭借肢体语言等无国界之语。在习惯了通过对方的神态举止来判断意图的同时，对于语言交流的依赖也逐渐降低了。

6. 关于旅行资金

我毕业后曾经体验式地从事各种工作，物流的搬运工、工地的资料员、小学的夜值门卫、KTV的服务员、二手房中介等等。但是长线旅行背负了债务后，我从事的大部分是平面设计方面的工作，由于和爱好沾些关系，能够在工作时更加投入。我总是希望自己不论做什么事都能全心全意，但是想在工作上不留余力很难。毕竟要对工资负责，难免在工作中需要歪曲自己的本心以适应老板和客户的品位和要求。正因为如此，我工作的时候必须要有明确的理由：比如赚旅费或还债。目标充分且必要，干起活儿自然劲头儿足。可债务是个具体的数字，旅费的话需要多少呢？

参考我在北京一年的生活费是12000元，旅行中的开销还要少一些。于是打个对折，攒6000元便觉得可以出发了。毕竟时间远比金钱更宝贵。出发时亲戚又支援了一些资金，除去买装备的钱，我是带着

8000元上路的。

这8000元用到伊朗时已经告罄，然后我开始了借钱的旅行。我没有走土耳其、叙利亚、埃及等国，除了那些不可抗的问题，很大原因也是来自债务的压力，太急着出发的代价吧。旅行留下了遗憾，却也是好事。毕竟有遗憾便有新的旅程嘛。

旅行结束时，总开销18000元。（包含3张机票共8000元）。

接下来要做的便是努力工作去偿还路上欠下的万元债务。目标充分且必要，感觉斗志满满啊。

7. 为什么自己做驮包？

除了抠门外，更多的因为成就感吧，用自己的手制作装备不是一件很美妙的事吗？对于单车旅行来说，好的驮包可以省去很多麻烦，骑行途中曾遇到一个拉脱维亚的骑行者，那家伙的驮包是自己做的。当时他说："因为计划了骑行两年半，再好的驮包也会坏掉，而自己设计的驮包不仅适合自己的要求，坏了的话也容易修补或重新做。"在他的影响下，我也设计了自己的驮包，去朋友的广告公司要来灯箱布，用旧的背包带缝成筋，想当然的设计自然有很多缺陷，但通过旅行中不断地调整和改造，也越来越适合长途旅行。

自制的驮包可以用个半年左右，然后我会找一些废材料花上半天时间做新的。每次遇到骑友时，我都会称赞一番对方的驮包精美，然后指着我的说："自己做的，活儿糙，见笑了。"

8. 如何骑车看书？

那还是我第一次骑长线的时候，当时随车带了几本比较耐看的书，泰戈尔的诗集、叔本华哲学、芥川龙之介的短篇集、世界地图册和一些路上买的游记。在车少平坦的路段，我会将一个骑车方向盘套包在车蝶把上，将打开的书压在车筐上。但是纸质书很重，而且路稍微颠簸书会掉下去。后来，将电子书存在手机中，骑车的时候一手车把，一手拿着手机。举着手机的位置尽量靠着公路的白线，这样不需要多分神就能确保一直沿着公路走。手机在光线强时会背光看不了，也因此我经常在有月光的夜里骑行。

这一次我将Kindle电纸书固定在车把上，它简直是完美的骑行阅读器。白天不会背光，夜晚光亮适宜，雨天套个塑料袋不影响阅读，寒冷的地方可以在手套外绑个皮筋代替手指点击。而且电池耐用，字典方便，标注灵活。这样的自行车旅行简直如梦幻一般了。每每从书中回过神来的时候看旅行时的景色都更加美丽了。

9. 旅行的时候为什么不带个电脑？

因为我喜欢放浪的旅行方式，这样很容易丢东西。如果在旅行中丢失电脑的话，我需要太多时间去消化这个现实。甚至影响我的旅行方式。看我的行李装备就可以知道，我带的都是一些随处可以买到，不值钱的破烂儿。因此，我不会因为装备太贵重而在旅行时束手束脚，比如参观博物馆或者一些景区，我大都随便把车子往门口一扔。在遇到奇怪的人和事的时候，我不必太过担心物质损失而放弃触发可能有趣却看起来危险的事件。

毕竟身上的钱越多，装备越豪华，只会令我感觉脚步沉重。

10. 旅行中最大的烦恼是什么？最害怕什么？

或许是都市生活的影响，让我总有种焦虑感，骑车的速度不够快，吃饭的速度不够快，阅读的速度不够快，而睡眠的时间又太长。我最大的烦恼就是每天的时间不够用，我喜欢在路上随心所欲自由的状态，但这并不是懒惰的借口，因此我总提醒自己要珍惜时间。

旅行中倒是没什么害怕的，硬要说的话，我会害怕一帆风顺，平安无事这种状态。因为它们意味着什么都没有发生，在我看来安逸的生活简直就是瞎耽误工夫，就像在越南、伊朗、纳米比亚这些国家，当地人对旅行者友好，国家环境舒适。但一路过来不痛不痒，收获甚微。而我更喜欢有惊无险的旅行状态，比如在印度、巴基斯坦、埃塞俄比亚这些国家，危险和痛苦总是令我体会更深、收获更多。

11. 是什么令你在接连遭遇苦难却仍能坚持走下去？没有考虑过放弃吗？

我旅行的一个目的是认识世界、认识自我，培养正确的三观。而痛苦和快乐的产生都只是自身对外部数据的反应，因此这两者从数据收集的角度上来说没有区别。

而且我相信人类这个物种对于痛苦的感受能力远超过快乐。也就是人们常说的人生不如意十之八九。承认了这个前提很大地提升了我对痛苦的接受能力。

因此痛苦并非是旅行的障碍反而是某种动力，毕竟痛苦的事情坚持过去后就成了有趣的故事。

提到坚持，我觉得首先要看清应该看清自己要做的事情是否值得坚持，因为并不是每件事情都值得努力。因此挑选有价值的事情去做很重要。我总和我的朋友说，人的一生中，其实值得努力的机会并不多，因此当你看到机会时，一定要拼了命地去努力，然后你会发现整个人生都因为你的努力而升华，闪耀。成功后你会站在一个新的高度，你看到的世界都会不一样了！

而且坚持在我来看从来不是问题，重要的是觉悟。对于我骑车在路上，最基本的觉悟便是，抵达目标前，生在路上，死在路上。这旅行值得我全心全意去走。有了这个觉悟，选择做的事情便超越了成功与失败，坚持与放弃。

12. 一个人旅行如何排解寂寞？

事实上，我喜欢一个人旅行，孤独就像握在手中的冰块、饥饿的肠胃一样，它可以令我的头脑更清醒。很少感到寂寞的原因可能是稍有闲暇时我便忍不住去想一些乱七八糟的东西吧，比如梳理过往人生舞台上的一些重要时刻，不同角色对同一事件的想法。以及我做不同选择可能导致的结果。又或者是在我看到有趣的人的时候，会根据对方的面相、服饰、动作推测对方的身份，并胡编上一段背后可歌可泣的故事。我也会给人生中遇到的有趣的人作名片卡。更多的是思考在将要发生的一些重要时刻我能选择的做法与可能导致的结局，像是当摔车或遇到交通事故时，如何在空中调整姿势；遇到恶人、恶兽时，如何保护自己；有需求时如何请求别人的帮助成功率更高。

当然这些思维游戏都是在雨天或者手机遗失的时候进行，因为我最大的娱乐还是看电子书。

13. 这一次旅行带来的变化?

性格上从一个偏感性的人逐渐变成纯理性的人了。单车旅行会遭遇很多危险，理智的判断是最重要的，而无论是喜、怒、哀、乐在关键时刻只会扰乱我们的思路，带来更大的危险。因此为人处世时潜意识更多地要求自己要时刻保持冷静，而后感性的部分似乎慢慢地蒸发干了。

性格转变的同时，思维方式也从只在乎自己的内心的独裁制转变成了多角度审视争辩的议会制了。判断的效率下降了很多，却也不会轻易为自己的决定动摇。或许因为还不习惯这种思维方式，书稿中写出的东西远不如以前的流畅，也算是有得有失吧。

14. 一路蹭吃蹭住不给钱，你还要脸吗?

旅行中受过很多人的帮助，但大多是一面之缘，直接回报的机会很少。我觉得如果在不恰当的时机回报给别人不需要的东西是为别人增添负担，这是一种平衡自己内心的自私的做法。

助人的行为是一种善的施予，本质上来说助人者是通过自己的行为去创造一个自己期望的温柔的世界。因此我认为最好的回报方式是将助我者的善念传递下去，不计回报地去对需要帮助的人伸出援手。我相信曾经帮助过我的人们不会对我回报的方式感到失望。

图书在版编目（CIP）数据

直到世界尽头：从北京到好望角的单车骑行日志 /
小北京著 . — 北京：北京出版社，2017.9
ISBN 978 – 7 – 200 – 13076 – 8

Ⅰ . ①直… Ⅱ . ①小… Ⅲ . ①日记—作品集—中国—
当代 Ⅳ . ① I267.5

中国版本图书馆 CIP 数据核字（2017）第 122782 号

直到世界尽头

从北京到好望角的单车骑行日志

ZHIDAO SHIJIE JINTOU

小北京　著

*

北 京 出 版 集 团 公 司
　　　　　　　　　　　　　　出版
北 京 出 版 社

（北京北三环中路 6 号）

邮政编码：100120

网　　　址：www.bph.com.cn

北 京 出 版 集 团 公 司 总 发 行
新 华 书 店 经 销
北 京 华 联 印 刷 有 限 公 司 印 刷

*

889 毫米 ×1194 毫米　32 开本　8.5 印张　200 千字
2017 年 9 月第 1 版　2017 年 9 月第 1 次印刷
ISBN 978 – 7 – 200 – 13076 – 8

定价：49.00 元

如有印装质量问题，由本社负责调换
如有质量监督电话：010 – 58572393